한밤의 사고

Accident nocturne
by Patrick Modiano

이 도서의 국립중앙도서관 출판시도서목록(CIP)은
e-CIP 홈페이지(http://www.nl.go.kr/cip.php)에서 이용하실 수 있습니다.
(CIP제어번호: CIP2006002247)

파트릭 모디아노
장편소설

한밤의 사고

김윤진 옮김

문학동네

더글라스를 위하여

차례

오래 전 내가 막 성년이 될 무렵의 어느 날인가, 밤늦게 피라미드 광장을 가로질러 콩코르드 쪽으로 가고 있는데 어둠 속에서 자동차 한 대가 튀어나왔다. 처음에는 차에 가볍게 스친 줄 알았는데 뒤이어 발목에서 무릎까지 극심한 통증이 밀려왔다. 나는 보도 바닥에 쓰러졌다. 그래도 간신히 몸을 일으킬 수 있었다. 차는 도로를 벗어나 유리 깨지는 소리와 함께 광장에 있던 아케이드 중 하나에 부딪혔다. 차 문이 열리고 한 여자가 비틀거리며 나왔다. 호텔 입구 아케이드 아래에 있던 어떤 사람이 우리를 로비 안으로 데리고 들어갔다. 여자와 내가 붉은 가죽 소파에 앉아 기다리는 동안 그는 호텔 프런트에서 전화를 걸었다. 그녀의 움푹 들어간 뺨과 광대뼈 그리고 이마에 난 상처에서 피가 흐르고 있었다. 아주 짧게 자른 갈색머리를 한 덩치 한 명이 홀로 들어와 우리에게 다가왔다.

밖으로 나가니 그자들이 문이 열린 차를 둘러싸고 있었고 그중 한 명은 조서라도 쓰는지 메모를 하고 있었다. 우리가 경찰 구급차에 올라타는 순간, 나는 왼발에 신발이 벗겨지고 없음을 알아챘다. 여자와 나는 긴 나무의자에 나란히 앉았다. 갈색머리 덩치는 우리 맞은편의 긴 의자를 차지하고 앉았다. 그는 담배를 피우며 이따금 우리 쪽으로 차가운 시선을 던졌다. 창살로 가로막힌 유리창을 통해 나는 우리가 튈르리 제방도로를 따라가고 있음을 알았다. 사람들이 내게 채 신발을 챙길 시간을 주지 않았기 때문에 나는 그 신발이 밤새도록 길 한복판에 놓여 있으리라 생각했다. 내가 막 포기해버린 그것이 신발이었는지 아니면 어린 시절 파리 근교 독퇴르 퀴르젠 가에서 살 때 차에 치인 개였는지 이젠 구분이 되지 않는다. 머릿속에서 모든 것이 뒤죽박죽이었다. 어쩌면 넘어지면서 두개골을 다쳤을 수도 있었다. 나는 여자를 향해 돌아앉았다. 그녀가 모피 코트를 걸치고 있어 놀랐다.

그제야 지금이 겨울이라는 생각이 났다. 더구나 우리 앞에 있는 남자도 외투를 걸치고 있었고, 나만이 벼룩시장에서 구할 수 있는 낡은 반코트를 걸치고 있었다. 그녀는 모피 코트를 벼룩시장에서 사지는 않았을 것이다. 밍크인가? 검은담비인가? 외모에 무척 공을 들인 모습이 얼굴에 난 상처와 대조적이었다. 내 반코트의 호주머니 조금 위쪽에 난 핏자국이 눈에 띄었다. 왼 손바닥에 심한 찰과상을 입은 터라 그것 때문에 옷에 피가 묻은 모양이었다. 그녀는 몸은 똑바로 세우고 있었지만 바닥에 있는 무언가에 시선을 고정시킨 듯 고개를 숙이고 있었다. 어쩌면 신발을 신지 않은 내 발을 보고 있는지도 몰랐다. 그녀의 머리카락 길이는 중간쯤 되었고, 로비의 불빛 아래서 금발로 보였다.

생 제르맹 로제루아쯤 되는 곳의 제방도로 위에서 붉은 신호에 걸려 경찰차가 멈춰 섰다. 남자는 계속 아무 말 없이 차가운 시선으로 우리를 차례대로 관찰하고 있었다. 급기야 나는 무슨 잘못이나 저지르지 않았는지 하는 죄책감마저 들었다.

신호등은 녹색불로 바뀌지 않고 있었다. 제방도로와, 내 아버지가 종종 나와 만났던 생 제르맹 로제루아 광장 모퉁이에 있는 카페에선 아직도 불빛이 흘러나오고 있었다. 도망치려면 바로 그때를 이용해야 했다. 어쩌면 긴 의자에 앉아 있는 그 남자에게 우릴 내보내달라고 요구만 해도 되었을 것이다. 하지만 나는 입도 벙끗 못 했다. 그는 담배 피우는 사람들이 그렇듯 탁한 소리로 기침을 했는데 그 소리는 나를 놀라게 했다. 사고가 난 이후 마치 청력을 상실한 듯 내 주위로는 깊은 침묵만이 감돌고 있었기 때문이었다. 우리는 제방도로를 따라 달렸다. 경찰차가 다리 위로 올라

섰을 때 그녀의 손이 내 손목을 잡는 것을 느꼈다. 그녀는 날 안심시키려는 듯 미소를 띠고 있었지만, 난 아무 두려움도 느끼지 못했다. 심지어 그녀와 내가 이미 다른 상황에서 함께 있었던 적이 있고 그때에도 여전히 그녀가 그런 미소를 짓고 있었던 것처럼 느껴지기까지 했다. 내가 어디서 저 여자를 보았던 것일까? 그녀의 얼굴은 오래 전 내가 알던 누군가를 연상시켰다. 우리 앞에 앉은 남자는 잠이 들어버렸고, 가슴 위로 연신 고개를 떨어뜨렸다. 그녀는 내 손목을 꼭 붙잡고 있었는데, 잠시 후 우리가 차에서 내리면 수갑을 채워 우리를 엮어놓을지도 몰랐다.

다리를 건넌 차는 어떤 입구를 지나더니 시립병원 응급실 앞뜰에 멈춰 섰다. 우리는 여전히 그 남자와 대기실에 앉아 있었고 나는 그의 정확한 역할이 무엇인지 궁금해졌다. 우리를 감시하는 임무를 맡은 경찰인가? 왜? 그걸 물어보고 싶었지만 그가 내 말에 귀를 기울이지 않으리라는 것을 진작 알고 있었다. 그때부터 나는 억양 없는 목소리로 말했다. 대기실의 강한 불빛 아래에서 억양 없는 목소리라는 단어가 머릿속에 떠올랐다. 그녀와 나는 접수실 앞 긴 의자에 앉아 있었다. 남자는 접수실 안에 있는 여자들 중 한 명에게 다가가 이야기를 했다. 나는 여자 옆에 바싹 붙어 있었다. 그녀의 어깨가 내 어깨에 닿는 것이 느껴졌다. 남자가 다시 돌아와 우리에게서 좀 떨어져 앉았다. 맨발에 가죽조끼와 파자마

같은 바지를 입은 적갈색 머리칼의 남자가 끊임없이 대기실 안을 서성거리며 접수실 여자들을 큰 소리로 불러댔다. 그는 그 여자들이 자기에겐 신경도 쓰지 않는다고 비난을 퍼부었다. 그는 규칙적으로 우리 앞을 지나치며 나와 시선을 맞추려 했다. 하지만 나는 혹시 그가 말을 걸어오지나 않을까 싶어 시선을 피했다. 접수대에 있는 여자들 중 한 명이 그에게로 가 살며시 출구 쪽으로 떠밀었다. 그렇지만 그는 다시 대기실로 돌아와 이번에는 죽어가는 개가 짖듯 긴긴 하소연을 늘어놓았다. 간간이 남자인지 여자인지 경비원들을 대동한 사람이 잰걸음으로 대기실을 가로질러 우리 정면에 있는 복도로 사라졌다. 나는 그 복도를 따라가면 어디에 이르는지, 조금 있으면 우리 두 사람도 그쪽으로 가게 될지 궁금했다. 여자 둘이 여러 명의 경찰관에게 둘러싸인 채 대기실을 가로질러갔다. 나는 그녀들이 방금 호송차에서 나왔음을 알았다. 어쩌면 우리를 여기에 내려준 그 차일지도 몰랐다. 그녀들 모두 내 옆에 있는 여자와 마찬가지로 모피 코트를 걸치고 있었고 치장도 무척 요란했다. 얼굴에 상처는 없었다. 하지만 모두 손목에 수갑을 차고 있었다.

갈색머리 덩치가 우리보고 일어나라고 신호를 보내더니 대기실 안쪽으로 이끌었다. 나는 신발 한 짝만 신은 상태로 걷기가 불편했기 때문에 차라리 다른 한쪽도 벗어버리는 것이 낫지 않을까 싶었다. 신발을 신지 않은 발의 발목이 무척이나 아팠다.

간호사 한 명이 앞장서서 야전침대 두 개가 놓인 작은 방으로 안내했다. 우리는 그 침대에 누웠다. 젊은 남자가 들어왔다. 그는 흰색 셔츠를 입고 구레나룻을 기르고 있었다. 그는 차트를 보면서 그녀에게 이름이 무엇이냐고 물었다. 그녀는 자클린 보제르장이라고 대답했다. 그는 내게도 역시 이름을 물었다. 그리고 신발을 신지 않은 발을 살펴본 후 무릎까지 바지를 걷고 다리도 검사했다. 간호사가 그녀를 도와 코트를 벗게 하고 얼굴에 난 상처를 솜으로 닦아주었다. 그러고 나서 그들은 야등을 켜놓은 채 나갔다. 문이 활짝 열려 있었고, 복도 불빛 아래로 남자가 서성거리고 있었다. 문틀 안으로 메트로놈처럼 규칙적으로 그의 모습이 다시 보였다. 그녀는 모피를 담요처럼 덮은 채 내 옆에 누워 있었다. 두 개의 침대 사이에는 머리 탁자 하나 놓을 틈도 없었다. 그녀는 팔을 뻗어 내 손목을 잡았다. 나는 조금 전 두 여자가 차고 있던 수갑을 떠올렸고, 결국 그들이 우리에게도 수갑을 채울 것이라고 또다시 생각했다.

복도에 있던 남자는 서성대기를 그쳤다. 그는 간호사와 나지막한 소리로 이야기를 나누고 있었다. 간호사가 구레나룻을 기른 젊은 남자를 대동하고 방 안으로 들어왔다. 그들은 전등을 켰다. 그리고 내 머리맡에 섰다. 나는 여자를 향해 몸을 돌렸고, 그녀는 우리가 함정에 빠졌고 이젠 빠져나갈 길이 없다는 걸 알리려는 듯 어깨를 으쓱했다. 갈색머리 덩치는 다리를 약간 벌리고 팔짱을 낀 채 문을 가로막고 부동자세로 있었다. 그는 우리에게서 눈길을 떼지 않았다. 우리가 그 방을 빠져나가려 하면 언제든 가로막을 태세인 모양이었다. 그녀는 또다시 미소를 지었다. 아까 호송차에서 지었던 약간 냉소적인 그 미소였다. 까닭은 알 수 없지만 나는 불안해졌다. 구레나룻을 기르고 흰 셔츠를 입은 사내가 내 위로 몸을 숙이더니 간호사의 도움을 받아 코 위로 투박하고 검은 부리망 같은 것을 씌웠다. 에테르 냄새인 것 같다고 생각한 순간 난 의식을 잃고 말았다.

◈

몇 번 눈을 떠보려 했지만 다시금 몽롱한 상태로 빠져버렸다. 어렴풋이 사고가 기억났고, 그녀가 여전히 내 옆 침대에 누워 있는지 돌아보아 확인하고 싶었다. 그렇지만 힘이 하나도 없어 꼼짝할 수가 없었다. 그런데도 그런 상태는 왠지 모르게 편안했다. 투박하고 검은 부리망도 기억해냈다. 내가 그런 상태에 빠진 것은 에테르 때문이었을 것이다. 나는 배영 자세를 취하고 강물의 흐름에 몸을 맡겼다. 커다란 용의자 사진처럼 그녀의 얼굴이 세

세하게 떠올랐다. 반듯한 아치형 눈썹, 맑은 눈, 금발 머리, 이마, 광대뼈 그리고 움푹 팬 볼에 난 상처들. 비몽사몽 헤매는 와중에 갈색 덩치는 사진을 내밀며 내게 '혹시 이 사람을 아느냐' 고 물었다. 나는 그가 말을 하는 것을 듣고 놀랐다. 그는 말하는 시계처럼 금속성을 띤 목소리로 같은 질문을 끊임없이 되풀이했다. 그 얼굴을 유심히 바라보다가 나는 그렇다, 그 사람을 안다고 대답했다. 아니면 그와 닮은 사람을 마주친 적이 있다고. 이제 왼발에 통증은 없었다. 그날 밤 나는 고무창을 댄 질긴 가죽으로 된 낡은 단화를 신고 있었다. 발을 집어넣는 입구가 너무 좁고 발목이 아파서 끌로 윗부분을 찢어놓은 신발이었다. 난 내가 잃어버린 신발, 보도 한가운데에 놓고 온 그 신발을 생각했다. 사고의 충격 때문인지 오래 전 차에 치인 개에 대한 기억이 다시 떠올랐고, 집 앞 비탈진 거리도 눈앞에 다시 보였다. 개는 종종 집에서 도망쳐 거리 아래쪽에 있는 알 수 없는 곳으로 갔다. 나는 개가 길을 잃을까 걱정되어 내 방 창문에서 몰래 지켜보았다. 저녁때가 되면 자주 그랬고, 그럴 때마다 개는 느릿느릿 거리를 다시 걸어 올라왔다. 그런데 왜 그 여자가 내 어린 시절 잠시 살던 그 집과 결부되어 떠오른 것이었을까?

다시 그자가 내게 '이 사람을 아십니까?' 라고 묻는 소리가 들렸고, 그의 목소리는 점점 더 부드러워져 귀에 대고 이야기하는 것처럼 속삭임으로 변해갔다. 나는 계속 배영 자세로 개와 함께 산책을 했을 그 강의 흐름에 몸을 내맡기고 있었다. 그러는 가운데 여러 얼굴이 나타났고, 나는 용의자 사진과 그 얼굴들을 서로 비교해보았다. 그랬다. 그녀는 이층 복도 끝에 있는 마지막 방에 살고 있었다. 여전히 똑같은 미소, 여전히 똑같은 금발이었지만 좀더 길게 손질한 머리. 왼쪽 광대뼈 위를 가로지른 흉터, 나는 갑자기 경찰 구급차에서 왜 그녀를 알아보았다고 생각했는지 깨닫게 되었다. 언제인지는 알 수 없지만, 아마도 그 흉터를 떠올리게 한 얼굴의 상처 때문이었을 것이다.

그녀가 누워 있던 침대 쪽으로 돌아누울 힘만 생긴다면 팔을 뻗어 그녀의 어깨에 손을 올리고 그녀를 깨우리라. 그녀는 여전히 모피 코트를 덮고 있겠지. 그녀에게 이 모든 질문을 하리라. 그러면 마침내 그녀가 누구인지 확실히 알게 되겠지.

방에는 별다른 것들이 보이지 않았다. 하얀 천장과 내 정면에 보이는 창문. 아니, 차라리 유리로 된 뚫린 공간이라 해야 할 그것의 오른쪽으로 나뭇가지 하나가 흔들리고 있었다. 그리고 유리창 너머로 보이는 푸른 하늘. 티 없이 맑은 푸른색이어서 나는 밖이 화창한 겨울날이라고 상상했다. 산장에 있는 느낌이 들었다. 자리에서 일어나 창문까지 걸어갈 수 있다면, 창밖이 눈밭, 어쩌면 스키 활강 코스의 출발점이라는 것을 알게 되리라. 이제 나는 강물의 흐름에 몸을 내맡기고 있는 것이 아니라 눈 위, 결코 끝나지 않을 완만한 슬로프를 미끄러져가며 에테르처럼 상쾌한 공기를 호흡하고 있었다.

방은 어제 저녁의 시립병원 병실보다 더 넓어 보였다. 특히 대기실에 있다가 옮겨졌던 골방 같은 곳에서는 유리로 된 공간이나 아주 작은 창문조차 찾아볼 수 없었다. 나는 고개를 돌렸다. 야전 침대도 없고 나 이외엔 어느 누구도 없었다. 그녀에게 옆 병실을 내주었음에 틀림없었고, 곧 그녀 소식을 들을 수 있을 것이었다. 행여 수갑으로 우리를 묶어두지 않을까 염려했던 갈색머리 덩치는 내가 생각했던 것과 달리 경찰은 아니어서, 우리가 그에게 보고할 필요는 전혀 없었다. 마음대로 내게 질문들을 던지라지. 또 심문이야 몇 시간이고 계속되라지. 이제 난 어느 것에도 죄책감을 느끼지 않았다. 나는 눈 위를 미끄러져 내려가고 있었고, 차가운 공기에 가벼운 희열을 느꼈다. 간밤에 있었던 사고는 우연한 일이 아니었다. 그것은 하나의 틈을 만들어냈다. 내게는 복이 되는 충격이었으며, 때마침 발생함으로써 내 인생에 새로운 출발점을 준 것이었다.

문은 작고 하얀 머리 탁자를 지나 내 왼편에 있었다. 탁자 위에는 내 지갑과 여권이 놓여 있었다. 그리고 벽에 기대어 있는 철제 의자 위에 내 옷들이 놓여 있음을 알았다. 의자 아래에 한 짝만 남은 신발이 있었다. 문 뒤에서 사람들의 목소리가 들려왔다. 평온하게 대화를 나누는 남녀의 목소리였다. 나는 정말 일어나고 싶지 않았다. 가능한 한 오래 그 휴식을 연장하고 싶었다. 내가 여전히 시립병원에 있는지 궁금하긴 했지만, 내 주변의 침묵이 문 뒤에서 들려오는 두 사람의 사근사근한 목소리에 살짝 깨지는 걸로 보아 병원이 아닐 것이란 느낌이 들었다. 창틀 안으로 보이는 나뭇가지가 흔들리고 있었다. 조만간 누군가 와서 설명을 해주리라. 예전에는 한 번도 경계심을 늦춘 적이 없던 내가 지금은 아무런 불안도 느끼지 않고 있었다. 어쩌면 이 갑작스런 안정은 전날 밤 들이마신 에테르 덕분이거나 고통을 잠재우는 다른 약 덕분일지도 몰랐다. 아무튼 언제나 나를 짓누르고 있다고 느꼈던 중압감은 이제 존재하지 않았다. 생애 처음으로 나는 가볍고 태평했으며, 그것이 나의 진정한 본성이었다. 창문으로 보이는 푸른 하늘이 내게 앙가딘이라는 한 단어를 생각나게 했다. 내겐 늘 산소가 부족했다. 그런데 그날 밤 나는 누군지 알 수 없는 의사에게 검진을 받고 내가 급히 앙가딘으로 가야 한다는 사실을 이해했다.

그들이 문 뒤에서 나누는 대화가 들렸는데, 보이지 않고 알 수도 없는 그 두 사람의 존재가 나를 안심시키고 있었다. 어쩌면 그 사람들은 나를 지키기 위해 거기 있는지도 모르는 일이었다. 또다시 어둠 속에서 자동차가 튀어나와 나를 스치고 아케이드에 가서 부딪쳤으며, 문이 열리고 그녀가 절뚝거리며 차 밖으로 나왔다. 우리가 호텔 로비의 소파에 앉아 있었을 때, 그리고 그녀가 호송차에서 내 손목을 잡을 때까지 나는 그녀가 취했다고 생각했다. 평범한 사고, 경찰에서 말하듯 운전자가 '취한 상태'에서 운전해서 일어난 사고들 중 하나라고 생각했던 것이다. 그러나 이제는 전혀 다른 일이라는 걸 확신했다. 나도 모르게 날 감시하던 누군가 혹은 우연이라는 것이 나를 보호하기 위해 내 앞길에 마련해둔 일 같았다. 시급히 날 위험에서 구해내거나 경고라도 해주어야 했던 것이다. '앙가딘'이라는 말 때문이겠지만 한 가지 영상이 자꾸 머리에 떠올랐다. 몇 해 전인가 나는 한 사내가 사람들이 '알제리'라고 부르던 전장에 끌려가지 않기 위해 스키를 타고 급경사로를 전속력으로 하강하다가 일부러 샬레* 벽에 부딪쳐 다리를 부러뜨린 것을 본 적이 있었다. 요컨대 그는 그날 자신의 목숨을 구하고자 한 것이다. 그렇지만 나의 경우엔 겉으로 보기에 다리 하나 부러지지 않았다. 다리 덕분에 나는 멋지게 곤경에서 빠져나온 것이다. 그 충격은 필요했다. 그 충격으로 그때까지 나의 삶이 어떤 것이었던가를 성찰할 수 있게 되었으니 말이다. 남들이 말하는 대로, 난 '재앙을 쫓아다녔다'는 사실을 인정해야

* 스위스의 높은 산에 있는, 통나무로 벽을 치고 돌로 지붕을 인 집.

했다.

다시 한번 내 시선은 의자 아래 놓인 내 신발로 향했다. 중간쯤을 잘라놓은 투박한 단화로. 침대에 누이기 전 내 신발을 벗겼을 때 그들은 틀림없이 놀랐을 것이다. 친절하게도 그들은 내 옷과 함께 신발을 챙겨놓고 지금 입고 있는 흰색 줄무늬가 있는 푸른 파자마를 빌려주었다. 대체 무슨 연유로 이렇게 날 배려하는 것일까? 아마 그녀가 그들에게 지시를 내렸을 것이다. 나는 신발에서 눈을 뗄 수 없었다. 나중에 내 삶이 또다른 흐름을 타면 과거의 기념으로 신발은 확실히 눈에 띄는 벽난로 위나 유리 상자에 넣어 내 시선이 닿는 곳에 두어야 할 것이다. 그리고 그 물건에 대해 더 알고 싶어하는 사람들에게 부모님께서 남겨주신 유일한 것이라고 대답하리라. 그래, 내가 거슬러올라갈 수 있는 한도까지 기억을 더듬어보아도 난 언제나 한 짝의 신발만 신고 걸었다고. 그런 생각을 하며 눈을 감자, 소리를 내지는 못하지만 걷잡을 수 없는 웃음과 함께 잠이 몰려왔다.

❖

간호사 한 명이 쟁반을 가지고 들어와 나를 깨웠고 아침 식사를 하라고 했다. 그녀에게 지금 있는 곳이 정확히 어디냐고 묻자 그녀는 내가 모른다는 사실에 무척 놀란 듯했다. 미라보 병원이라고 그녀는 대답했다. 병원의 정확한 주소를 알고 싶었지만 대답을 해주지 않았다. 그녀는 천진난만한 미소를 띤 채 나를 바라보았다. 그녀는 내가 자신을 놀리는 것이라고 생각했다. 그런 후 그녀는 상의 주머니에서 꺼낸 진료카드를 보더니 내가 '퇴원' 을 해야 한다고 말했다. 나는 그녀에게 무슨 병원이냐는 질문을 되풀이했다. 잠에서처럼 땅이 흔들리고 있었다. 나는 내가 바다 한가운데에 떠 있는 화물선에 갇힌 죄수라는 상상을 했었다. 나는 서둘러 단단한 땅을 다시 밟으려 했다. 미라보 병원, 나르시스 디아즈 가. 나는 이 거리가 몇 구에 있는지 물어볼 엄두를 내지 못했다. 시립병원 근처인가? 그녀는 서두르는 기색이었고 다른 사항들에 대해서는 말해주지도 않고 다시 문을 닫았다. 그들이 내 발목, 무릎, 손목 그리고 손에 붕대를 감아놓아 왼쪽 다리를 구부릴 수 없었지만 가까스로 옷은 입을 수 있었다. 거리를 걷기는 힘들겠지만 부근에 버스 정류장이나 지하철역이 있을 것이며 곧 집에 돌아갈 수 있을 것이라 생각하며 한 짝만 남은 신발을 신었다. 그러나 이내 다시 침대에 눕기로 했다. 여전히 편안한 느낌이었다. 이 느낌이 오래 지속될까? 병원을 나서면 바로 그 느낌이 사라질까 나는 두려웠다. 창틀 안의 푸른 하늘을 보며 나는 사람들이 날 산에 데려놓았다고 믿었다. 실망할까봐 나는 창문에 가까이 가지 않았다. 가능하면 오랫동안 미라보 병원이 앙가딘의 겨울 스포츠 휴양지에 있다는 환상을 간직하고 싶었다. 문이 열리고 간호사가 모습을 나타냈다. 그녀는 비닐봉지를 들고 있었는데, 그것을 머리 탁자 위에 놓고 한마디 말도 없이 쌩하니 나갔다. 봉지에는 내가 잃어버렸던 신발 한 짝이 들어 있었다. 그들은 애써 그걸 찾으러 그곳 보도까지 간 것이다. 아니면 그녀가 그들에게 그렇게 해달라고 부탁했을 것이다. 그렇게까지 신경을 써주다니 나는 놀랐다. 이제는 간호사가 말했듯이 내가 '퇴원' 하는 데 방해가 될 것은 전혀 없었다. 나는 자유로운 공기를 마시며 걷고 싶어졌다.

약간 다리를 절었기 때문에 큰 계단을 내려올 때는 난간을 붙잡았다. 입구 홀에 이르러 한쪽이 열려 있는 유리문으로 막 나가려 할 때 갈색머리 덩치가 눈에 띄었다. 그는 긴 의자에 앉아 있었다. 그가 팔을 들어 손짓을 했고 자리에서 일어났다. 전날 밤과 똑같은 외투를 걸치고 있었다. 그가 나를 접수실까지 데리고 갔다. 접수실에서는 내 이름을 물었다. 덩치는 내 행동을 더 잘 감시하려는 듯 내 곁에 붙어 서 있었다. 나는 슬그머니 사라질 생각이었다. 가능하면 빨리. 거리에서보다 차라리 그 홀에서. 접수실 여자는 내 이름이 씌어 있는 봉인된 봉투를 건네주었다.

그러고 나서 그녀는 내게 퇴원 서류에 서명을 시켰고 상단에 병원 주소가 찍힌 또다른 봉투 하나를 내밀었다. 내가 돈을 내야 하느냐고 물었지만 그녀는 계산이 되었다고 말했다. 누가? 하긴 내라고 해도 내겐 돈이 충분치 않았을 것이다. 내가 홀을 가로질러 출구 쪽을 향하는 순간, 갈색머리 덩치가 자기와 함께 긴 의자에 좀 앉자고 청했다. 그는 모호한 미소를 내게 보냈고, 나는 그가 내게 꼭 적대적이지는 않다고 생각했다. 그는 내게 타자기로 친, 반투명의 얇은 종이 두 장을 보여주었다. '보고서' — 그가 사용했던 그 단어가 아직도 생각난다 — , 그렇다. 그건 사건의 '보고서' 였다. 또다시 서류 아래에 서명을 해야 했고, 그는 외투 주머니에서 만년필을 꺼내 손수 뚜껑을 열어주었다. 그는 서명하기 전에 읽어보아도 된다고 말했지만 내겐 바깥 공기를 쐬는 것이 가장 시급했다. 나는 첫 장에 사인을 했다. 두번째 장은 내가 간직할 부본(副本)이었으므로 서명할 필요는 없었다. 나는 그것을 접어 반코트 주머니에 쑤셔넣고 자리에서 일어났다.

그가 내 발걸음을 막아섰다. 또다시 날 호송차에 태우려는 걸까? 그러면 전날 밤과 똑같은 자리에 앉은 그녀를 다시 만날 수 있을까? 밖의 제방도로로 연결되는 작은 길에는 주차되어 있는 차가 한 대뿐이었다. 한 사내가 운전석에 앉아 있었다. 나는 무슨 말로 작별인사를 할까 궁리중이었다. 만일 무턱대고 가버린다면 그가 날 수상쩍다고 여길 것이고 내 등뒤를 덮칠 우려가 있었다. 그래서 나는 그에게 어젯밤의 그 여자가 누구냐고 물었다. 그는 어깨를 으쓱하더니 '보고서'를 보면 알게 되겠지만 나를 위해서도 그리고 모두를 위해서도 그 사고는 잊어버리는 것이 나을 것이라고 대답했다. 자신이 보기에 그 '사건은 이미 끝난 것'이며 나에게도 그랬으면 하고 진정 바란다는 것이었다. 그는 차가 있는 곳에서 걸음을 멈추고 걷기가 너무 힘든지, 또 어디에 '내려주기'를 바라는지 차갑게 물었다. 아니, 그럴 필요는 없었다. 그러자 그는 잘 가라는 인사도 없이 운전석 옆자리에 올라타더니, 차 문을 쾅 닫았고, 차는 제방도로로 향했다.

해가 내리쬐는 포근한 겨울날이었다. 이제 나에겐 시간관념이라는 것이 없었다. 아마도 오후가 시작되려는 때였을 것이다. 왼쪽 다리가 약간 불편했다. 보도 위에는 낙엽이 뒹굴고 있었다. 나는 숲으로 가는 좁은 오솔길로 접어든다고 상상했다. 이제 내 머릿속에 '앙가딘'이라는 단어는 없었고 대신 그것보다 부드럽고 그윽한 솔로뉴라는 단어가 자리 잡았다. 나는 봉투를 열었다. 봉투에는 한 다발의 지폐가 들어 있었다. 단 한마디의 말도, 조금의 설명도 없었다. 왜 이 많은 돈을 내게 주는지 궁금했다. 어쩌면 그녀가 내 볼품없는 반코트와 한 짝만 남은 신발의 형편을 얘기했는지도 모르겠다. 찢어진 단화를 신기 전, 나는 고무창이 달린 끈이 있는 투박한 구두를 신었는데, 여름철에도 그걸 신고 다녔다. 낡은 반코트를 걸치고 다닌 지도 이번 겨울이 벌써 삼 년째였다. 호주머니에서 내가 서명한 서류를 꺼냈다. 조서, 아니 오히려 사건 요약서 같은 것이었다. 서류 상단에는 경찰서 이름도 씌어 있지 않았고 행정문서 서식 같아 보이지도 않았다. '……밤…… 피아트 상표의 자동차, 물빛 같은 녹색…… 미등록…… 카루젤 공원에서 피라미드 광장으로 진행…… 두 사람을 레지나 호텔 로비로 데리고 가…… 시립병원, 응급실…… 다리와 팔에 붕대……' 미라보 병원은 언급되지 않았고, 그래서 언제 어떻게 그들이 날 그곳으로 옮겼는지 궁금했다. 내 성과 이름이 사건 요약 보고서에 나와 있었고, 내 출생 연월일과 옛 주소도 적혀 있었다. 틀림없이 그 모든 사항을 내 옛날 여권에서 찾아냈을 것이다. 그녀의 성과 이름도 언급되어 있었다. 자클린 보제르장. 그리고 알보니 스퀘어라는 주소도 있었다. 그렇지만 번지수는 명시되어 있지 않았다. 나는 한 번도 그런 거금을 손에 쥐어본 적이 없었다. 그녀가 뭐라도 한마디 남겼더라면 좋았겠지만, 아마 사고 이후 글을 쓸 수 있는 상태가 아니었을 것이다. 나는 갈색머리 덩치가 이 모든 일을 담당했다고 추측했다. 어쩌면 그가 그녀의 남편일지도. 나는 그가 언제 나타났는지 기억을 되살려보려 했다. 차 안에는 그녀 혼자였다. 나중에 호텔 로비에서 우리가 소파에 나란히 앉아 기다리고 있을 때 그가 우리 쪽으로 걸어왔었다. 분명 그들은 내가 다친 것에 대해 보상을 해주고자 했고, 사고가 훨씬 더 클 수도 있었으리라는 생각에 죄의식을 느끼는 것 같았다. 그들을 안심시켜주었더라면 좋았으련만. 아닙니다, 나에 대해선 전혀 신경쓰지 마세요. 상단에 병원 이름이 새겨진 봉투에는 '베송 박사' 라고 하는 사람이 서명한 처방전이 들어 있었는데, 때를 맞추어 '붕대를 갈아야' 한다고 씌어 있었다. 다시 한번 지폐를 세어보았다. 한참 동안 돈 걱정은 하지 않아도 되었다. 열일곱 살 때였던가, 아버지와 마지막으로 만나던 때가 떠올랐다. 그때 나는 감히 돈 좀 달라는 소리를 꺼내지도 못했다. 우리는 떨어져 생활하고 있었고, 아직 어두컴컴한 이른 아침에 종종 카페에서 만났다. 아버지는 단을 접은 옷을 입고 계셨는데, 그 옷은 점점 낡아갔고 카페도 매번 시내 중심부에서 멀어져갔다. 행여 내가 걷고 있는 동네에서도 만날 약속을 한 적이 있는지 기억해보려 했다.

나는 호주머니에서 내가 서명한 '보고서'를 꺼냈다. 그러니까 그녀는 알보니 스퀘어에 살고 있다는 거지. 거기서 가까운 지하철역에 자주 가본 적이 있어서 나는 그 지역을 알고 있었다. 번지수가 없다 해도 상관없었다. 자클린 보제르장이라는 이름만 가지고도 알아낼 수 있으리라. 알보니 스퀘어라는 곳은 조금 아래쪽,

센 강가에 있었다. 이제 그녀가 사는 동네로 들어섰다. 그러자 왜 날 미라보 병원으로 옮겼는지 그 이유를 알 수 있었다. 분명 그녀는 그 병원을 안다. 그래, 그녀가 나서서 그렇게 한 것이다. 아니면 그녀 주변의 누군가 시립병원으로 우릴 찾아왔겠지. 앰뷸런스 안으로 왔던가? 나는 다음 공중전화 박스에서 지역별 전화번호부를 들춰보고 전화번호 안내로 전화를 걸어야겠다고 생각했다. 하지만 급할 건 전혀 없었다. 정확한 주소를 찾아내어 그녀를 찾아가는 거야 앞으로도 시간이 충분했다. 나로서는 당연히 할 만한 일이고 그녀로서도 결코 화를 내지는 못할 것이다. 모르는 사람의 집 초인종을 눌러본 적은 한 번도 없었지만, 이 일에서는 명확히 해야 할 몇 가지 사항들이 있었다. 한마디 말도 없이 거지에게 적선하듯 던져준 봉투 속의 지폐 다발만 해도 그렇지 않은가. 밤중에 차로 누군가를 친다, 그리고 불구가 될 경우를 대비해 몇 푼 집어준다. 우선 난 그 돈을 원하지 않았다. 난 어느 누구에게도 기대본 적이 없었고, 그 시절에 난 아무도 필요치 않다고 확신하고 있었다. 내 부모님에게도 손을 내민 적이 없었고, 아버지와 간혹 카페에서 만나더라도 자리에서 일어나 악수를 하는 항상 똑같은 방식으로 헤어졌다. 그럴 때마다 난 조금이라도 돈을 달라고 할 용기가 나지 않았다. 샹젤리제에서만 해도 그렇게 활력이 넘치고 매력적이던 아버지가 그 모습을 완전히 잃었던 포르트 도를레앙에서의 마지막 만남 무렵에는 더욱 그랬다. 어느 날 아침 나는 아버지의 블루마린색 외투에 단추가 다 떨어져나가고 없는 것을 보았다.

제방도로를 따라 알보니 스퀘어까지 가보고 싶었다. 건물마다 문지기에게 자클린 보제르장이 몇 층에 사는지 물어봐야지. 번지수가 많지는 않을 것이다. 우리 사이에 무슨 묵계라도 있듯 그녀가 내 손목을 잡은 방식, 그녀의 냉소적인 미소가 다시 생각났다. 우선 전화부터 하는 것이 낫겠다. 그리고 일은 서두르지 말아야지. 호송차에 실려 시립병원까지 가는 동안 내가 받았던 묘한 느낌, 어디선가 그녀의 얼굴을 본 것 같은 그 느낌이 다시 들었다. 그녀의 전화번호를 알아내기 전에 기억을 더듬어봐야지. 그 시절에 있었던 일들이란 매우 단순해서, 내 삶의 뒤편에 이렇다 할 부분은 많지 않았다. 그저 몇 해만 거슬러올라가도 되었다. 누가 알겠는가? 자클린 보제르장이라고 하는 사람이 이미 내 인생의 길에서 마주친, 다른 이름을 사용하는 어떤 이와 동일인일 수도 있지 않은가. 우연이란 꽤 적은 수의 만남만을 만들어낸다는 문구를 읽은 적이 있었다. 같은 상황, 같은 얼굴들이 반복된다. 마치 거울의 작용으로 무한한 조합이 이루어지는 환상을 주는 만화경의 색유리 조각들 같다. 하지만 그 조합들은 제한되어 있다. 그렇다. 그런 걸 어디선가 분명히 읽은 적이 있었다. 아니면 어느 날 저녁 어느 카페에서 부비에르 박사가 우리에게 그렇게 설명했을 것이다. 그렇지만 그 문제에 오랫동안 집중하기는 어려웠다. 내게 철학적 머리가 있다고 느껴본 적은 한 번도 없었다. 갑자기 그르넬 다리를 건너 센 강 좌안으로 가서 지하철이나 버스를 타고 부아 베르트 거리에 있는 내 방으로 돌아가기 싫어졌다. 이쪽에서 조금 더 산책을 할 작정이었다. 다리에 붕대를 감고 걷는 일에 익숙해져야 했다. 자클린 보제르장이 사는 동네에 이르자 몸이 한결 나아짐을 느꼈다. 심지어 숨쉬기도 더 편한 것 같았다.

사고가 나기 전 나는 포르트 도를레앙 쪽의 부아 베르트 가에 있는 호텔에서 일 년 가까이 살고 있었다. 그후로 오랫동안 내 생애의 그 시절을 잊고 싶었고, 기억하더라도 무의미하게 보이는 사소한 것들만 기억하고자 했다. 예를 들면 저녁 여섯시만 되면, 아마도 그는 퇴근하는 것이겠지만, 자주 마주치는 남자가 있었다. 이제 와서 그에 대해 기억나는 것이라곤 그가 들고 있던 검은 가방과 느릿느릿한 발걸음뿐이다. 또 어느 날 저녁 나는 시테 위니베르시테르* 앞에 있는 커다란 카페에서 분명 대학생으로 보이는 옆 자리의 사람과 대화를 했다. 그러나 실제로 그는 여행사에

* 각 나라별로 기숙사관이 있는 대학 기숙사촌.

서 근무하는 사람이었다. 그는 마다가스카르 출신이었는데, 나중에 버리려고 했던 낡은 서류 틈바구니에서 그의 이름과 전화번호가 적힌 명함을 발견하기도 했다. 그의 이름은 카츠 크뢰체였다. 내가 그에 대해 아는 바는 전혀 없다. 또다른 자질구레한 일들도 기억난다. 언제나 내가 마주치거나 얼핏 스친 사람들에 관한 일들로, 여전히 그들은 내게 수수께끼로 남아 있다. 장소들도 마찬가지다…… 간혹 아버지와 저녁 식사를 했던 포슈 가 끄트머리 왼쪽에 있는 조그만 레스토랑. 나중에 어쩌다 그 동네를 지나면서 그 레스토랑을 찾아보려 했지만 헛수고였다. 내가 꿈을 꾸었던 것일까? 이제는 이름도 알 수 없는 사람들이 살던 시골집들, 지도상에서 어디인지 짚어 가리킬 수도 없는 마을의 부근들 그리고 야간열차를 탔을 때 본 에블린이라는 곳…… 심지어 나는 목록까지 만들기 시작했다. 대략의 날짜와 잊혀진 그 모든 얼굴과 장소들의 목록, 포기한 계획들에 관한 목록을. 어느 날인가는 의과대학에 등록을 하려고 결심하기도 했지만 그 결심은 지켜지지 않았다. 미래 없이 그저 유예된 상태로 머물러버린 것을 돌아보려 애쓰면서 나는 하나의 돌파구, 도주로를 찾았다. 삶이 차츰차츰 닫혀버리는 나이에 도달하고 있었기 때문이다.

나는 포르트 도를레앙 근처에 살던 그 시절의 색채들과 분위기를 되찾으려 한다. 희끄무레하고 검은 색채, 돌아보면 숨 막힐 듯한 분위기, 영원히 지속되는 가을과 겨울을. 아버지와 마지막 약속을 잡았던 그 지역과 먼 곳에 살게 된 것이 우연이었을까? 블록을 이루면서 파리 시의 경계를 이루는 벽돌 건물들 중 어느 한 건물 일층에 있는 카페 라 로통드에서 오전 일곱시 정각에 만나자던 약속. 그곳 몽루주, 그리고 막 건설된 외곽 순환도로가 지나는 곳에서. 우리는 별로 할 말이 없었고, 나는 우리가 다시 만나지 못하리라는 것을 알고 있었다. 우리는 자리에서 일어나 악수도 나누지 않고 함께 라 로통드 카페를 나왔다. 블루마린색 코트를 걸친 아버지가 순환도로 쪽을 향해 멀어지는 모습을 보고 나는 놀랐다. 지금도 궁금하다. 아버지의 발걸음이 아버지를 어느 멀리 떨어진 교외로 이끌었는지. 그렇다. 오늘 난 그 우연의 일치에 놀라고 말았다. 마지막에 우리가 종종 만났던 동네에 한동안 내가 살았다는 것에. 그렇지만 당시에는 전혀 그런 생각을 하지 못했다. 나에겐 신경쓸 다른 일들이 있었으므로.

부비에르 박사 역시 그 시절의 곧 사라져버릴 인물이었을 것이다. 그가 아직 살아 있는지 궁금하다. 어쩌면 이름을 바꾸어 다른 지방 도시에서 새로운 제자들을 찾았을 수도 있다. 어제 저녁, 그를 기억해내고 나는 발작적으로 웃음을 터뜨렸는데 쉽게 그칠 수가 없었다. 정말 존재했던 사람일까? 수면 부족과 끼니를 거르고 나쁜 약들을 복용한 습관 때문에 생긴 신기루 같은 존재가 아니었을까? 아니었다. 그러기엔 너무도 많은 일과 지표들이 그 시절 부비에르 박사가 14구에 있는 카페들에 단골로 드나들었다는 사실을 내게 증명해주었다.

내가 사고를 당하기 몇 달 전, 우리는 같은 장소에서 있었던 적이 있다. 고백건대 시립병원에서 그들이 에테르를 흡입시켜 잠재우기 위해 내 얼굴에 검은 호흡 마스크를 씌웠을 때, 나는 '박사'라는 그 직함 때문에 부비에르를 떠올렸다. 그 직함이 정확히 무얼 뜻하는지, 대학에서 주는 학위인지 아니면 그가 의학 공부를 했다는 뜻인지 알지 못한다. 자신의 '가르침'이 의학을 포함하여 방대한 영역을 다루고 있음을 암시하기 위해 부비에르는 그런 혼동을 부러 즐겼을 것이다.

처음 내가 그를 보았을 때 그는 회합을 열고 있었는데, 그곳은 몽파르나스 부근이 아니었다. 파리의 반대편인 센 강 우안이었다. 정확히 말해 피갈과 두에 거리 모퉁이에 있는 르 상 수시*라는 카페였다. 언젠가는 이 문제를 다시 길게 얘기하게 될 테니까 내가 그곳에서 무얼 하고 있었는지 밝혀둘 필요가 있다. 당시 나는 '한밤의 목격자'라고 불리는 어느 프랑스 작가를 흉내내어 파리의 몇몇 동네를 자주 드나들었다. 밤마다 거리에 나서면 낮보다 더 매혹적인 제2의 삶을 산다는 느낌, 아니 단순히 말해 그런 삶을 꿈꾼다는 느낌을 받았다.

겨울 저녁 여덟시 무렵이었고 내 주위에는 사람이 많지 않았다. 나는 테이블 하나를 차지하고 있는 한 쌍의 남녀에 온통 주의를 기울이고 있었다. 남자는 짧은 은색 머리칼에 사십 대쯤이고

* '마음 편한'이라는 뜻.

야윈 얼굴에 눈이 맑았다. 그는 외투를 벗지 않고 있었다. 여자는 같은 나이대에 금발이었다. 얼굴은 창백하면서도 엄해 보였다. 그녀는 남자처럼 낮은 목소리로 말을 하고 있었고, 어쩌다 내 귀에 들린 몇몇 문장은 마치 글을 읽어주기라도 하듯 또박또박했다. 하지만 뭔지 모를 그녀의 태도가 당시의 피갈 거리와 잘 어울렸다. 그렇다. 처음에 그 커플이 근방 어느 나이트클럽을 소유한 사람들일 거라 추측했다. 아니면 여자 혼자만이라도 그러리라. 남자는 분명 정년퇴직을 했을 것이고. 그는 여자가 말하는 걸 듣고 있었다. 그는 호주머니에서 여송연 파이프를 꺼냈는데, 턱을 가볍게 움직여 정확히 입에 무는 모습이 놀라웠다. 잠시 후 여자는 자리에서 일어나 낭랑한 목소리로 한 음절 한 음절 끊어가며 말했다. "다음번에는 당신이 날 위해 재충전할 생각을 하세요." 그런데 그 구절이 나로 하여금 궁금증을 품게 했다. 그 문장은 거의 경멸조의 딱딱한 어조로 발음되었는데, 상대방은 고분고분 고개를 끄덕였다. 그런 다음 여자는 돌아보지도 않고 당당한 걸음걸이로 카페를 나갔고, 남자는 난감한 모습이었다. 내 눈은 계속 그녀를 좇고 있었다. 그녀는 가죽을 댄 레인코트를 입고 있었다. 그녀는 빅토르 마세 거리 왼쪽 보도로 걸어갔고 난 혹시 그녀가 타바랭으로 들어가지 않나 싶었다. 그러나 아니었다. 그녀의 모습은 사라지고 말았다. 조금 아래쪽에 있는 호텔로 들어갔을까?

아무렴 그녀가 호텔을 경영할 수도 있고 아니면 선술집이나 향수 가게를 할 수도 있다. 남자는 막 한 대 얻어맞은 사람처럼 생각에 잠긴 모습으로 테이블에 앉아 입술 한 귀퉁이에 여송연 파이프를 문 채 고개를 숙이고 있었다. 네온 불빛 아래로 보이는 그의 얼굴은 땀으로 베일을 쓴 것 같았고, 종종 여자 때문에 고통을 겪는 남자들에게서 보아왔던 칙칙한 기름기로 뒤덮여 있었다. 그도 자리에서 일어났다. 키는 컸고 등은 약간 굽은 모습이었다. 유리창을 통해 나는 그가 몽유병자처럼 피갈 거리로 걸어내려가는 모습을 지켜보았다. 부비에르 박사와 나의 첫 만남은 그러했다. 두번째는 그로부터 열흘쯤 뒤 당페르 로슈로 부근의 다른 카페에서였다. 파리는 대도시이지만 같은 사람을 여러 번, 그것도 가장 어려울 것 같은 지하철이나 대로에서 종종 만날 수 있다. 한 번, 두 번, 세 번, 운명 혹은 우연은 사람에게 어떤 만남을 주선해주고 그의 삶을 다른 방향으로 돌리려 하는데, 때때로 사람은 그 부름에 화답하지 않는다. 당신은 스쳐 지나보낸 그 얼굴을 영원히 미지로 남기고, 그것으로 안도감을 느끼지만 또한 후회도 하게 되는 것이다.

내가 그 카페에 들어간 것은 담배를 사기 위해서였는데, 계산대 앞으로 줄이 늘어서 있었다. 안쪽에 있는 벽시계는 저녁 일곱시를 가리키고 있었다. 벽시계 아래의 탁자, 붉은 모조가죽 소파 한가운데에서 나는 부비에르의 모습을 알아보았다. 그는 여러 명에게 둘러싸여 있었는데, 그들은 모두 의자에 앉아 있었다. 부비에르만이 더 편안한 그 자리가 당연히 자기 차지라는 듯 혼자 소파에 앉아 있었다. 얼굴의 땀과 칙칙한 기름기는 사라지고 없었고 입술 가장자리에 대롱거리던 여송연 파이프도 없었다. 더는 같은 인물이 아니었다. 이번에는 그가 말을 하고 있었는데 마치 강연을 하는 것 같았고 다른 사람들은 그의 말을 경청하고 있었다. 그중 한 사람은 커다란 학생노트에 빽빽하게 필기를 하고 있었다. 사내아이들과 여자아이들이었다. 왠지 모를 호기심이 나를 사로잡았다. 피갈에 있느냐 아니면 당페르 로슈로에 있느냐에 따라 한 사람이 그렇게까지 달라질 수 있는가 하는 나 스스로에게 던진 의문에 답하고 싶은 욕망인지도 몰랐다. 난 항상 파리의 미스터리에 무척이나 민감했다.

부비에르에게 더욱 가까이 가기 위해 나는 그들의 탁자 옆 소파에 앉기로 했다. 그들 모두 커피를 마시고 있는 것을 보고 나도 커피 한 잔을 주문했다. 그들 중 어느 누구도 내게 신경쓰지 않았다. 내가 탁자를 잡아끌었을 때도 부비에르는 말을 멈추지 않았다. 나는 탁자 다리에 걸려 비틀하다가 그의 옆 소파에 쓰러졌다. 그의 말을 주의 깊게 들었지만 무슨 말인지 잘 이해할 수 없었다. 그의 입에서 어떤 단어들은 일상생활에서의 의미와는 다른 의미를 띠었다. 나는 그가 청중을 얼마나 잘 장악하고 있는지 보고 놀랐다. 모두 그의 말을 받아 마시고 있었다. 커다란 학생노트를 든 녀석은 끊임없이 속기로 필기를 하고 있었다. 그치가 종종 암구호처럼 몇 마디 알쏭달쏭한 말들을 되씹는 바람에 다른 사람들의 웃음을 자아내기도 했다. 그럴 용기가 있다면 그의 강연의 가장 특징적인 몇몇 문장들을 떠올려볼 생각이다. 나는 그가 사용하는 단어들에 대해서는 잘 알지 못했다. 그 단어들에서는 어떠한 반향이나 인광(燐光) 같은 것을 발견할 수 없었다. 내 기억 속에 남아 있는 그것들의 울림은 낡은 클라브생에서 흘러나오는 음처럼 가냘프고 서글펐졌다. 게다가 부비에르 박사의 목소리가 그 단어들을 발음할 수 없는 지금은 뜻을 이해하기 어려운 불 꺼진 단어들로 남아 있을 뿐이다. 나는 부비에르가 어느 정도는 그 단어들을 정신분석과 극동 철학에서 차용했다고 생각하지만, 잘 알지 못하는 그런 영역에 섣불리 뛰어들고 싶지는 않다.

그는 마침내 내 쪽으로 몸을 돌렸고 나의 존재를 알아챘다. 처음엔 눈길조차 주지 않더니, 나중에는 아예 내게 시선을 고정한 채 자신의 청중에게 이런 식의 질문을 던졌다. "여러분은 제가 말하고자 하는 바를 이해하시겠죠?" 바로 그 순간 나는 그 집단 속에 녹아든다는 느낌을 받았고, 부비에르가 나와 다른 사람들 사이에서 어떤 차이를 느끼는지 궁금했다. 나는 그 카페의 같은 테이블 주위에 몰려드는 청중은 매번 바뀌고 있으며, 설령 그에게

소수의 열성분자들 — 친위대 — 이 있다 해도 매주 저녁마다 여러 집단이 교대로 모여드는 것이라고 확신했다. 저 사람은 모든 얼굴, 모든 그룹을 혼동하고 있구나 하고 나는 생각했다. 하나가 더 오고, 하나가 덜 오고…… 그런데다 간간이 그가 혼잣말을 하는 모습은 마치 익명의 관객들 앞에서 독백을 하는 배우처럼 보였다. 주변의 관심이 최고조에 달했다고 느낄 때면 그는 양 볼이 홀쭉해질 정도로 여송연 파이프를 힘껏 빨아들인 후 연기를 내뱉지 않고 몇 초간 말을 멈춘 채 모두 자기 입술만 바라보고 있다는 걸 확인했다. 첫날 저녁 나는 모임이 거의 끝나갈 무렵에 도착했다. 십오 분이 지나자 그는 입을 다물고 무릎 위에 세련된 스타일의 날씬한 검은색 서류가방을 내려놓았다. 생 토노레 가의 대형 가죽제품 상점에서나 살 수 있는 종류의 가방이었다. 그는 가방에서 붉은 가죽으로 장정된 수첩을 꺼냈다. 그리고 뒤적거렸다. 그러더니 가장 가까이에 있는, 얼굴이 매처럼 날카롭게 생긴 청년에게 말했다. "다음주 금요일 여덟시 제이예에서 하지." 그러자 청년은 수첩에 메모를 했다. 얼핏 보니 청년은 부비에르의 비서로 일하고 있는 것 같아 나는 그가 그 통지를 발송하는 일을 담당하리라 추측했다. 부비에르는 자리에서 일어나 다시 나를 향해 돌아섰다. 그리고 이제부터 자신들의 모임에 참석하라고 격려하는 것처럼 보호자 같은 미소를 지어 보였다. 청강생으로 말인가?

다른 사람들도 같이 일어났다. 나는 그들을 따라갔다. 당페르 로슈로 광장으로 나가니 그는 모임에 참석한 사람들에게 둘러싸인 채 한 사람 한 사람에게 말을 건네고 있었다. 강의가 끝나면 밤늦은 시간까지 가장 열심인 제자들과 함께 술을 마시는 습관이 있는, 약간은 보헤미안 같은 철학교수인 것 같았다. 나도 그 무리에 끼어 있었다. 그들은 그의 차가 있는 곳까지 마중했다. 내가 눈여겨보았던 엄숙한 표정의 얼굴이 홀쭉한 금발 머리 여학생이 그의 옆에 붙어 걷고 있어서, 그와 그녀는 다른 사람들보다 무척 가까운 사이처럼 보였다. 그녀 역시 피갈에서 본 여자의 것과 똑같은 색깔의 레인코트를 걸치고 있었지만 가죽으로 안을 대지는 않은 것이었다. 그날 저녁은 추웠다. 어느 순간인가 그가 그녀의 팔을 붙잡았는데, 다른 사람들은 그런 모습을 보고도 별로 놀라워하지 않는 것 같았다. 차 앞에 이르자 그들은 또 몇 마디 말을 나누었다. 나는 조금 떨어져 있었다. 그가 여송연 파이프를 입에 무는 동작은 피갈에서 날 놀라게 했던 것만큼 정확하지는 않았다. 오히려 여송연 파이프를 문 그의 모습은 전투에 나서는 듯한 분위기를 주었다. 그래서 참모에 둘러싸인 채 마지막 지시를 하달하는 것처럼 보였다. 레인코트를 입은 금발 머리 여학생이 너무 바싹 붙어 있어서 두 사람의 어깨가 맞닿아 있었다. 그녀의 표정은 점점 더 딱딱해졌는데, 마치 다른 사람들을 멀리 떼어놓고 자신이 그의 옆에서 특별한 위치를 점하고 있음을 알리려는 듯했다.

그는 여학생과 함께 차에 올라탔고, 여학생이 차 문을 닫았다. 그는 유리창에 몸을 갖다대고 손을 흔들어 일행에게 작별인사를 보냈지만, 그 순간 맑은 그의 눈동자는 나에게 고정되어 있었기 때문에 나는 그 몸짓이 오직 내게만 보낸 것이라고 착각했다. 보도 가장자리에 서 있던 나는 그에게 몸을 기울였다. 여학생은 샐쭉한 표정으로 날 바라보았다. 그는 서둘러 출발했다. 현기증이 덮쳐왔다. 나는 차창을 두드리며 부비에르에게 묻고 싶었다. "재충전하는 걸 잊지는 않았죠?" 하고. 그만큼 예전의 어느 날 저녁 피갈 거리에서 들은 그 말이 날 궁금하게 했던 것이다. 나는 그 말이 수수께끼로 남아버릴 것 같아 실망했다. 먼 별빛으로 기억 속에 반짝이다 일생 동안 간직했던 비밀을 털어놓지도 않고 그대로 꺼져버리는, 한순간 스쳐가듯 수많은 단어와 얼굴들처럼.

나는 일행 한가운데, 보도에 그대로 남아 있었다. 거북했다. 그들에게 뭐라고 말해야 할지 몰랐다. 그러다 얼굴이 매처럼 생긴 청년에게 미소를 지어 보였다. 어쩌면 그가 다른 사람들보다 더 많은 것을 알고 있는지도 몰랐다. 나는 약간 어물거리며 그에게 방금 부비에르와 함께 간 여자가 누군지 물었다. 그는 놀란 기색도 없이 부드럽고 그윽한 목소리로 그 여자의 이름은 주느비에브라고 했다. 주느비에브 달람이라고.

나는 사고가 나던 날 밤 그 늦은 시각에 피라미드 광장에서 내가 대체 무얼 하고 있었는지 기억해보려고 한다. 당시 센 강 좌안의 동네들을 떠날 때면 항상 기뻤다는 점을 밝혀두어야겠다. 마비 상태에서 깨어나기 위해서는 그저 센 강만 건너면 되는 것처럼. 갑자기 대기중에 전류가 흐르는 것 같았다. 마침내 내게 무슨 일이 생기려 하고 있었다.

나는 지형에 너무도 많은 중요성을 부여하는 듯하다. 종종 나 자신에게 물었다. 왜 내가 아버지와 만나던 장소들이 몇 해 동안 샹젤리제에서 포르트 도를레앙 쪽으로 옮겨가게 되었는지. 부아베르트 가의 호텔 방에서 파리 지도를 펼쳐 보았던 것도 기억난다. 붉은색 볼펜으로 지표가 되는 곳들에 십자 표시를 했다. 모든 것은 서쪽 불로뉴 숲으로 빠져나가는 길들과, 에투알 광장이 중심이 되는 지역에서 시작되었다. 그다음은 샹젤리제였다. 우리는 우리 자신도 모르는 사이에 마들렌과 그랑 불르바르로 미끄러져 오페라 구역까지 옮겨갔다. 그리고 더 아래 팔레 루아얄로. 몇 달 동안—몇 달이란 그가 표류한 곳에 일정한 거처를 가졌으리라 내가 생각할 만큼 충분히 긴 시간이다—나는 뤽 위니베르르로 가 아버지를 만났다. 우리는 하나의 경계에 가까워지고 있었는데, 난 그것을 지도상에서 명확히 구분을 하려 했다. 뤽에서 우리는 생 제르맹 로제루아 광장과 루브르 제방도로 모퉁이에 있는 카페 코로나로 옮겨갔었다. 그렇다. 내가 보기에 경계는 바로 거기였다. 아버지는 항상 저녁 아홉시에 카페 코로나에서 만나자고 했다. 곧 문을 닫을 시간이었다. 안쪽 홀로 들어가는 손님들은 우리 둘뿐이었다. 제방도로의 교통량이 줄자 십오 분마다 울리는 생 제르맹 로제루아의 시계 소리도 들렸다. 바로 거기서 나는 처음으로 아버지의 옷이 낡았다는 것, 블루마린색 외투에 단추가 떨어져나가고 없다는 것을 알았다. 그렇지만 구두는 흠잡을 데 없이 말끔하게 빛나고 있었다. 아버지가 실업 상태의 음악가와 비슷하다고는 하지 않겠다. 아니, 오히려 감옥에서 살다 나온 '건달' 같았다. 일이 점점 더 어려워진다. 젊은 날의 광채와 유연성은 사라져버렸다. 우리는 생 제르맹 로제루아에서 포르트 도를레앙으로 추락했다. 그리고 아버지의 실루엣이 안개 낀 — 적갈색의 안개 — 11월 어느 날 아침 몽루주와 샤티용 쪽으로 사라져버리는 것을 본 것이 마지막이었다. 아버지는 새벽에 사람들을 총살하던 보루가 있는 두 지역을 향해 똑바로 걸어가고 있었다. 시간이 흐른 후 내게는 종종 그 반대 방향의 길을 걷는 일들이 일어났다. 밤 아홉시경이면 나는 좌안을 떠나 퐁 데 자르*를 통해 센 강을 건너 코로나로 갔다. 그렇지만 이번엔 나 혼자 안쪽에 있는 탁자에 앉았고, 블루마린색 외투를 걸친 수상쩍은 사람에게 무슨 말을 해야 할까 궁리할 필요가 없었다. 난 안도감을 느끼기 시작했다. 질퍽거리던 습지대를 등뒤로, 강 건너편에 남겨두었으니까. 단단한 땅에 발을 디뎠다 이곳으로 넘어오면 빛도 더 환했다. 네온사인이 지직거리는 소리가 들렸다. 어느덧 나는 아케이드를 따라 콩코르드 광장까지 뻥 뚫린 곳을 걷고 있었으리라. 밤은 청명하고 잠잠했겠지. 미래가 내 앞에 열리고 있었다. 나는 카페 코로나에서 혼자, 십오 분마다 울리는 생 제르맹 로제루아의 시계의 타종소리를 듣고 있었다. 지난 몇 주간 참석했던 부비에르의 몇몇 회합과 그 제자들을 생각하지 않을 수 없었다. 그렇다. 그 회합들은 항상 당페르 로슈로 부근의 카페들에서 열렸다. 딱 하루만 더 아

* 예술의 다리.

래쪽, 내가 가끔 아버지를 만났던 알레지아 가의 지하철 종점이 있는 곳에서 열렸다. 그날 저녁 나는 아버지와 부비에르의 만남을 상상했다. 전혀 다른 두 세계. 학위들에 둘러싸이고 '박사'와 사상가라는 지위로 보호받으며 대가연 거들먹거리는 부비에르. 그보다 삶이 파란만장하고, 다닌 학교라곤 오직 거리의 학교밖에 없는 내 아버지. 그럼에도 둘 다 자기 방식대로 사기꾼들이었다.

마지막으로 보았을 때 부비에르는 강의 노트 복사한 것을 여러 장 나눠주었고, 나는 매처럼 생긴 청년에게서 부비에르가 무슨 대학이라던가 무슨 고등 연구원에서 그 강의를 한다는 얘기를 들었다. 모두 그 강의를 듣는 학생들이었는데, 나는 정말이지 다른 사람들과 줄지어 학교 책상에 앉고 싶은 생각은 전혀 없었다. 기숙사와 병영생활로도 충분했다. 부비에르가 인조가죽 소파에 앉아 있는 동안 매처럼 생긴 녀석이 복사한 것을 돌렸는데, 나는 조심스럽게 손을 저어 필요치 않다는 의사를 밝혔다. 매처럼 생긴 녀석은 나무라는 듯한 시선을 보냈다. 공연히 그에게 폐를 끼치고 싶지 않아 복사물을 받았다. 나중에 내 방에서 그걸 읽어보려고 했는데, 첫 페이지를 넘어갈 수 없었다. 여전히 부비에르의 목소리가 들리는 듯했다. 남자 목소리도 여자 목소리도 아닌, 그 목소리에는 뭔가 미끈거리는 것, 차갑고 매끈매끈한 것이 있었다. 내겐 아무 영향력을 행사할 수 없었으나, 다른 사람들에게는 서서히 스며들어 일종의 마비를 일으켜 자신의 지배하에 묶어두는 무엇인가 있었다. 그저께 그의 얼굴 특징이 사진처럼 정확하게 기억에 되살아났다. 보조개, 안구에 푹 박힌 맑고 작은 눈. 마치 죽은 사람 같던 머리. 기묘하게 말려올라간 두툼한 입술. 그리고 그토록 차갑고 매끈거리는 목소리…… 기억난다. 그 시절, 그 사람처럼 죽은 사람 같은 얼굴을 한 다른 이들, 영적 지도자들과 사상가들, 내 또래의 사람들이 찾아가 정치적 독트린과 엄격한 교리를 구하던 분파의 지도자들, 몸과 마음을 바쳐 헌신할 수 있는 인도자들이 있었음을. 내가 그런 위험을 어떻게 피해 나올 수 있었는지 지금으로선 알 수가 없다. 나 역시 다른 사람들처럼 흔들리기 쉬운 사람이었다. 나도 부비에르 주위로 달라붙던 그 괴상망측한 청중들과 다를 바가 없었다. 어떤 기적이 일어나 내가 그 함정에 빠지지 않은 것인가? 내 게으름과 무사태평함 때문이다. 그리고 아마도 구체적인 일에 집착하는 세속적인 성향 덕분이었을 것이다. 그렇다. 그 사람은 장밋빛 넥타이를 매고 있었다. 그리고 그 여자가 뿌린 향수는 월하향을 풍기고 있었다. 카르노 거리는 비탈을 이루고 있다. 오후가 끝나갈 무렵 어떤 거리에 가면 갑자기 햇살이 눈에 들이치는 경험을 한 적이 있는가? 사람들은 날 멍청이로 여기고 있었다.

❖

만일 내가 그 회합에 참석하는 이유를 하나라도 밝혔다면 그들은 무척 실망했을 것이다. 그는 그들 중 가장 흥미로워 보이는 엘렌 나바신이라고 하는 여자를 점찍어놓았다. 푸른 눈에 갈색머리칼. 그녀는 필기를 하지 않는 유일한 사람이었다. 항상 부비에르를 그림자처럼 따라다니는 금발은 부비에르가 전혀 신경을 쓰지 않는데도 자신의 라이벌이라도 되는 양 매번 불신에 찬 시선으로 그녀를 바라보았다. 겉으로 보기에 엘렌 나바신은 그룹 멤버들 중 어느 누구도 알고 지내지 않는 듯했고 그들에게 말을 거는 법도 없었다. 나는 회합이 끝나면 그녀가 홀로 광장을 가로질러 지하철역 입구로 사라지는 모습을 보았다. 어느 날 저녁, 그녀는 무릎 위에 솔페지오 연습서를 펼쳐 놓았다. 회합이 끝나고 나서 나는 그녀에게 음악가냐고 물었고, 우리는 함께 나란히 걸었다. 그녀는 생계를 위해 피아노 레슨을 하고 있지만 음악학교에 들어가고 싶다고 했다.

그날 저녁 나는 그녀를 따라 지하철을 탔다. 그녀는 리옹 역 부근에 살고 있다고 했고, 난 그녀를 집까지 데려다주려고 그 동네에 약속이 있노라고 꾸며댔다. 여러 해가 지난 후 그때처럼 당페르와 이탈리 광장 사이의 지상 구간을 달리는 지하철 노선을 탄 나는 한순간 시간이 사라져버려 내가 다시 엘렌 나바신과 나란히 지하철 좌석에 앉아 있었으면 하고 바랐다. 그러자 엄청난 상실감이 나를 엄습했다. 스스로 마음을 가다듬고자 나는 이 지하철이 대로와 줄지어 늘어선 건물들이 내려다보이는 길을 지나기 때문이라고 생각하기로 했다. 노선이 다시 지하로 들어가자 어지럼증과 결핍감을 느끼지 않았다. 모든 것이 질서로, 매일 계속되어 안도감을 느끼게 하는 단조로움으로 되돌아오리라. 그날 저녁 지하철 객차 안 우리 두 사람 주위에는 거의 아무도 없었다. 러시아워를 막 넘긴 시각이었다. 나는 그녀에게 왜 부비에르의 모임에 참석하는지 물었다. 그를 알지는 못하지만 인도 음악에 관련된 글 하나를 읽은 적이 있는데 그것이 자신에게 지평을 열어주었노라고, 그렇지만 사람 자체는 조금 실망스러웠고 그의 '가르침'도 그 글 수준에 이르지 못한다고 그녀는 대답했다. 그러면서 원한다면 그 글을 읽게 해주겠노라고 했다.

그리고 내게 대체 어떻게 해서 당페르 로슈로의 그룹에 끼게 되었냐고 물었다. 그저 단순한 호기심이죠. 부비에르 박사라는 사람에게 호기심이 있어서요. 그 사람에 대해 좀더 알고 싶었거든요. 그런데 부비에르 박사라는 사람은 대체 어떤 식으로 사는 거죠? 그녀는 미소를 지었다. 그녀 역시 스스로 그런 질문을 했다는 것이다. 얼핏 보기에 그는 결혼한 적이 없고, 몇몇 여학생들에게 관심을 품고 있다고 했다. 그렇지만 정말 관심을 품고 있을까? 그들은 다 똑같이 생기지 않았는가. 창백하고, 금발이며, 기독교를 믿는 집안의 딸들처럼 신비주의 신앙심이 느껴지는 근엄한 분위기 하며. 처음에는 그게 거북했단다. 회합중에 몇몇 여학생은 종종 그녀를 위아래로 훑어보는데, 그녀들 부류에는 속할 수 없다는 느낌을 받았다고 했다. 그러니까 우리 둘은 서로 이야기가 잘 통하는군요, 내가 그녀에게 말했다. 나 역시 그 어떤 부류와도 어울린다고 느껴본 적이 없다. 나는 그녀도 나처럼 일가붙이 하나 없이 삶의 방향을 잡아줄 축을 찾으려 애쓰며 때때로 부비에르 박사 같은 사람들과 접하는, 파리에서 그렇게 길을 잃은 사람임에 틀림없다고 생각하고 있었다. 부비에르에 관한 한 가지 사실 때문에 우리 둘 다 무척 놀란 적이 있었다. 그 전주에 있던 어느 모임에 나타난 그의 얼굴은 마치 누군가에게 심하게 얻어맞은 것처럼 퉁퉁 부어 있었다. 버터가 눌은 것처럼 꺼멓게 변한 눈가, 피멍 든 콧잔등과 목 주위. 그는 자신에게 무슨 일이 있었는지 일언반구 말이 없었고, 분위기를 딴 데로 돌리기 위해 평소보다 훨씬 열을 올렸다. 그는 청중과 대화를 하고 이따금 자신이 말하는 것을 명확히 이해했느냐고 우리에게 물어보았다. 매의 얼굴을 한 비서와 피부가 투명한 금발 여자만이 강연 내내 불안한 시선으로 그를 주시하고 있었다. 강연이 끝나자 금발 여자가 그의 얼굴에 파스를 붙여주었고, 그는 미소를 띤 채 여자가 하는 대로 몸을 내맡기고 있었다. 아무도 감히 그에게 사소한 질문조차 건네지 못했다. 좀 이상하지 않아요? 엘렌 나바신은 유년 시절 이래 그 어느 것에도 진정 놀라지 않는 사람처럼 미망에서 깬 차분한 어조로 내게 물었다. 나는 하마터면 피갈에서 부비에르와 함께 있었던 여자 얘기를 할 뻔했지만, 그녀가 부비에르를 그렇게 심하게 때렸으리라곤 상상이 되지 않았다. 하긴 어떤 여자도 그렇게 하진 못했으리라. 그래, 더 잔혹하고 더 골치 아픈 일이리라. 부비에르 박사의 생활 한구석에는 그림자가, 어쩌면 자신도 수치스럽다고 생각하는 비밀이 있을지도 모른다. 나는 어깨를 으쓱하고는 엘렌 나바신에게 저런 것이 파리의 미스터리에 속하는 것이라고 말해주었다.

그녀는 리옹 역 앞에 있는 거대한 주거 단지에 살고 있었다. 나는 약속 시간보다 한 시간 빨리 왔노라고 그녀에게 설명했다. 그녀는 내가 밖에서 기다리지 않아도 되게끔 자기 집에 데려가고 싶지만 불행히도 그녀 어머니가 에밀 질베르 가 5번지의 조그만 아파트에 불쑥 누군가를 데려오는 걸 봐주지 않을 거라고 말했다.

그다음 모임에서 엘렌 나바신을 다시 만났다. 부비에르 박사의 얼굴에 멍자국은 거의 사라지고 없었고 왼쪽 뺨에 작은 반창고만 하나 붙이고 있었다. 누가 그의 얼굴을 그렇게 만들었는지는 여전히 알 수 없었다. 그는 한마디도 털어놓지 않을 것이다. 심지어 매번 함께 차에 올라타는 금발의 아가씨도 거기에 대해선 아무것도 모를 것이라 난 확신했다. 사람들은 비밀을 지닌 채 죽는 법이다.

그날 밤 나는 엘렌 나바신에게 왜 그토록 인도 음악에 관심을 쏟느냐고 물었다. 그녀는 내게 자신을 억누르는 무게에서 해방되기 위해, 그리하여 마침내 투명하고 가벼운 공기를 호흡할 수 있는 경지에 도달하기 위해 종종 그 음악을 듣는다고 했다. 게다가 그 음악은 조용하다. 자신은 가벼운 공기와 침묵이 필요하다고 했다. 나는 그녀의 말에 동감했다. 그리고 그녀가 피아노 레슨을 하는 곳까지 함께 가주었다. 그녀는 대체로 7구에서 레슨을 했다. 나는 서성대며 그녀를 기다리거나, 눈이나 비가 오는 날이면 그녀가 들어간 건물에서 가장 가까운 곳에 있는 카페로 들어가 비나 눈을 피했다. 레슨 시간은 한 시간이었고, 그런 레슨이 하루에 서너 차례 있었다. 그래서 공백 시간에는 혼자 사관학교의 버려진 건물들을 따라 걸었다. 기억을 잃을까봐, 감히 누구에게 길을 물을 엄두도 내지 못하면서 길을 잃어버릴까봐 두려웠다. 행인도 드문데, 무슨 수로 내가 그들에게 길을 묻는단 말인가? 어느 날 오후 15구 변두리에 있는 세귀르 가 끝에서 나는 심한 공포에 사로잡혔다. 눈을 예고하는 안개 속에 내가 녹아드는 듯한 느낌이었다. 누군가 내 팔을 붙잡고 "아냐, 이 친구야, 아무것도 아니야…… 잠이 부족한 모양이군…… 가서 코냑이나 한잔 하게…… 그러면 아무 일 없이 지나갈 테니……" 하고 안심을 시켜주는 말이라도 건네주었으면 했다. 나는 애써 사소한 일들에 매달렸다. 그녀는 피아노 레슨으로 생활을 복잡하게 만들지 않는다고 했다. 그녀는 학생들에게 같은 곡을 가르쳤다. 허멜의 〈볼레로〉였다. 어느 날 저녁인가 술집 지하에 있는 피아노로 내게 그 곡을 연주해 준 적도 있었다. 곧 그녀에게 허멜의 〈볼레로〉를 휘파람으로 불어 달라고 해야지. 허멜이란 사람은 틀림없이 스페인을 여행한 독일인일 것이다. 그녀가 레슨을 하고 있는 건물 앞에서 기다리는 게 나았다. 웃기는 동네다…… 부비에르라면 차갑고 매끈한 목소리로 형이상학적 동네라고 했을 것이다. 그런 심경에 자신을 내맡기다니 난 얼마나 나약한가…… 세귀르 쉬프랑의 교차로에 눈을 예고하는 안개가 조금만 끼어도 기가 푹 죽었다. 정말이지 난 천성적으로 소심했다. 그것은 엘렌 나바신이 건물에서 나오던 날 오후에 내리던 눈에 대한 기억이었다. 그러나 그 시절을 생각할 때면, 눈의 냄새—허파를 얼어붙게 하고 결국은 에테르 냄새와 혼동되어버리고 마는 그 서늘함이 느껴진다. 어느 날 오후, 피아노 레슨이 끝난 후 그녀는 빙판에서 미끄럼을 타다가 넘어지는 바람에 손을 다쳤다. 손이 찢어져 피가 났다. 우리는 조금 아래에 있는 약국을 찾았다. 나는 솜을 달라고 했고 또 90도의 알코올 대신 에테르 한 병을 달라고 했다. 그것이 의도적인 실수였다고는 생각지 않는다. 우리는 벤치에 앉았고, 그녀가 병마개를 열어 상처에 바를 약을 솜에 적시는 순간 나는 에테르 냄새를 맡았다. 너무도 강렬하고, 유년 시절 이래 너무도 친숙한 그 냄새를. 나는 그 푸른색 병을 주머니에 넣었지만 냄새는 여전히 우리 주위를 감돌고 있었다. 우리가 습관적으로 좌초하던 리옹 역 근방 호텔방들에도 그 냄새가 배어 있었다. 그녀가 집으로 돌아가기 전이나 밤 아홉시 이전 그녀가 나를 찾아올 때였다. 호텔 프런트에서는 신분증을 요구하지 않았다. 역과 가깝기 때문에 잠시 머무는 사람들이 너무 많아서였다. 장기 투숙을 하지 않는 손님들, 곧 기차가 실어가버릴 손님들이었다. 그림자 같은. 호텔에선 숙박계를 건네주었고 거기에 이름과 주소만 쓰면 되었다. 하지만 그들은 결코 그 이름과 주소가 여권이나 신분증에 기재된 것과 일치하는지 확인하지 않았다. 우리 두 사람의 숙박계의 빈 칸을 채우는 건 나의 몫이었다. 난 다른 사람의 이름과 주소들을 적어넣었다…… 그리고 그와 동시에 다음번에 이름을 바꾸기 위해 수첩의 한 페이지에 그것들을 메모해두었다. 두 사람 다 미성년자였기 때문에 나는 우리의 출생 일자와 흔적을 감추고 싶었다. 작년에 나는 낡은 지갑에서 우리의 거짓 신분 목록을 적어놓은 종이 한 장을 발견했다.

조르주 아카드	로슈푸코 가 28번지, 파리 9구
이베트 댕티약	로지에 가 75번지
앙드레 가비숑	칼레 호르헤 후안 17, 마드리드
장 모리스 제드린스키 및 마리 조제 바스	카사 몽탈보, 비아리츠
자크 피슈	베를린, 스테그리츠, 오를레안 슈트라세 2번지
파트릭 드 트루안	베를리오즈 가 21번지, 니스
수지 크라이	비젤슈트라트 98, 암스테르담……

호텔에서는 숙박계를 마약 단속반에 넘긴다고 들었다. 그쪽으로 넘어간 서류들은 알파벳순으로 분류되었다. 그러고 나면 그 서류들을 폐기한다고들 하지만 난 그렇게 생각하지 않는다. 서류

들은 고스란히 서류함에 보관된다. 어느 날 밤 퇴역 경관 하나가 심심파적으로 옛날 서류들을 뒤적이다 우연히 앙드레 가비송 혹은 마리 조제 바스의 서류를 보게 되었다. 그는 왜 그 사람들이 삼십 년도 더 전부터 실종 상태이며 주소가 미상인지 의문을 품게 되었다. 그는 결코 진실은 알 수 없으리라. 오래 전 피아노 레슨을 하던 한 아가씨가 있었다는 것을. 우리가 만나던 리옹 역 근방의 호텔 방에는 전쟁이 끝난 지 여러 해가 지났는데도 여전히 등화관제를 위한 검은색 커튼들이 쳐져 있었다. 복도를 따라 사람들이 오가는 소리가 들리고 삐걱거리는 문소리, 전화벨 소리도 들렸다. 칸막이 벽 너머로는 밤새도록 두런거리는 소리가 들렸다. 하염없이 자신들의 문제를 논하는 여행자들의 음색이었다. 계단으로 가방을 끌고 다니는 사람들의 무거운 발걸음 소리도 들렸다. 시끌벅적한 소리에도 우리 둘은 그녀가 말해준 조용한 곳, 호흡하기 가벼운 공기가 있는 곳에 도달했다. 그러고 나서 얼마간의 시간이 지나면 나는 호텔에 우리 둘만 있고 손님 하나 없이 텅 비었다는 느낌을 받았다. 투숙객들은 모두 맞은편에 있는 역으로 기차를 타러 가고 없었다. 너무도 고요해서 눈 덮인 국경 근처 시골 마을의 조그만 역으로 착각할 정도였다.

사고를 당한 후 미라보 병원에서 소스라치며 깨어났을 때 내가 어디에 있는지 몰랐다는 기억이 난다. 나는 침대 머리맡에 있는 전등 스위치를 찾았다. 그리고 눈이 부시게 환한 불빛 아래 하얀 벽들과 통유리가 끼워진 창을 보았다. 다시 잠이 들긴 했지만 짓누르는 듯한 꿈자리가 사나운 잠이었다. 밤새도록 칸막이 너머에서 사람들이 대화를 나누고 있었다. 목소리들의 억양은 달랐지만 어떤 이름 하나가 끊임없이 입에 오르내리고 있었다. **자클린 보제르장**이라는 이름이었다. 아침에 난 내가 꿈을 꾸었음을 깨달았다. 오직 **자클린 보제르장**이라는 이름만이 실재하고 있었다. 시립병원에서 흰 셔츠를 입은 사내가 우리에게 누구냐고 물었을 때 그녀가 자기 입으로 그렇게 말하는 것을 들었기 때문이다.

예전 어느 날 밤 나는 오를리 남부 공항에서 모로코에서 돌아오는 친구들을 기다리고 있었다. 비행기는 연착되고 있었다. 열시를 넘긴 시각이었다. 도착 출구가 있는 대합실은 거의 텅 비다시피 했다. 나는 시간과 공간에서 일종의 무인지대에 도달했다는 야릇한 느낌을 받고 있었다. 그때 갑자기 공항에서 무게가 없는 듯한 목소리로 세 번이나 "자클린 보제르장 씨는 624 탑승구로 와주시기 바랍니다" 라고 반복해 말하는 소리가 들렸다. 나는 대합실을 가로질러 달려갔다. 삼십 년이 지난 후 그녀가 어떻게 변했는지 알 수 없었지만 이제 그 세월은 중요하지 않았다. 나는 나를 위한 탑승구가 아직도 있을 것 같다는 환상을 품고 있었다. 몇 안 되는 승객들이 624 탑승구에 모습을 나타냈다. 탑승구 앞에는 어두운 색의 제복을 입은 남자가 지키고 서 있었다. 그는 내게 메마른 목소리로 물었다.

"표는요?"

"누구를 찾고 있는데…… 조금 전에 그 사람을 찾는 방송이 있었어요…… 자클린 보제르장이라고……"

마지막 승객들이 모습을 감춘 후였다. 그는 어깨를 으쓱했다.

"그분은 한참 전에 탑승하셨을 겁니다, 손님."

나는 한 번 더 말했다.

"확실합니까? 자클린 보제르장이라고……"

그는 탑승구를 가로막고 섰다.

"이제 아무도 없다는 걸 잘 아시지 않습니까, 손님."

사고 이전에 대해서는 내 모든 기억이 뒤엉킨다. 희미한 빛 속의 나날이 계속되었다. 나는 좀더 또렷이 볼 수 있게 전압이 오르길 기다리고 있었다. 오늘에 와서 돌이켜보니 오로지 엘렌 나바신의 모습만이 안개에서 선명하게 드러난다. 그녀의 왼쪽 어깨에 있는 미인점이 생각난다. 그녀는 런던에서 일자리를 구했는데 그게 정말 돈이 되는지 알고 싶다며 며칠간 런던에 다녀오겠다고 말했다.

어느 날 밤, 나는 그녀가 기차를 탈 파리 북역으로 배웅을 나갔다. 그녀는 내게 우편엽서를 한 장 보내왔는데 곧 파리로 돌아오겠다는 내용이었다. 그러나 그녀는 돌아오지 않았다. 삼 년 전, 나는 전화 한 통을 받았다. 이렇게 말하는 여자의 목소리가 들렸다.

"여보세요…… 여기는 팔림 호텔인데요…… 당신과 통화를 원하는 분이 있습니다……" 팔림 호텔은 그녀의 집 맞은편, 리옹역의 시계가 보이는 작은 거리에 위치하고 있었다. 이베트 댕티약과 파트릭 드 트루안이라는 이름으로 우리가 투숙한 적이 있는 호텔이었다. 여자는 말을 계속했다. "여보세요. 끊지 않으셨죠? 바꿔드리겠습니다……" 나는 그녀일 거라고 확신했다. 피아노 레슨과 레슨 사이에 우리는 다시 만날 것이고, 학생들은 레슨 시간이 끝날 때까지 내내 허멜의 〈볼레로〉를 연주하리라. 부비에르 박사가 즐겨 말했듯, 인생이란 영원한 회귀이다. 전화선에 잡음이 일었는데 마치 바람이 잎새에 속삭이는 소리 같았다. 여러 해가 지나 걸려온 전화가 행여 끊길까봐 나는 수화기를 조심스레 들고 꼼짝도 하지 않고 기다렸다. "통화를 원하시는 분을 바꿔드리겠습니다……" 가구가 뒤집어지는 소린지 아니면 계단에서 누가 굴러떨어지는 소리인지를 들은 것 같았다.

"여보세요? ……여보세요? ……들리세요?" 남자 목소리였다. 나는 실망했다. 전화선에서는 여전히 지직거리는 소리가 들렸다. "난 당신 부친의 친구 되는 사람입니다…… 들리십니까?" 내가 아무리 그렇다고 대답을 해도 소용없었다. 그는 내 소리를 듣지 못하고 있었다. "기 루소트입니다. 내 이름은 기 루소트라고요…… 아마 부친께서 내 얘기를 했을 텐데. 난 오토 사무실에서

댁의 부친과 함께 일을 했어요…… 들려요?" 내가 정말 자기 말을 듣고 있는지는 신경쓰지 않고 그저 형식상 그런 질문을 던지는 듯했다. "기 루소트요…… 당신 아버지와 함께 사무실을 썼지요……" 암시장 거래, 여자, 말에 관한 화제로 시끌벅적한, 오십 년 전의 샹젤리제 거리의 어느 바에서 내게 이야기를 한다고 생각하는 것일 수도 있었으리라. 그의 목소리는 점점 파묻혀가더니 동강난 파편들만 전해져왔다. "당신 부친…… 오토 사무실…… 만나서…… 팔림 호텔에서 며칠…… 내가 그를 만날 수도…… 그저 이렇게 말해주시오. 기 루소트라고…… 오토 사무실…… 기 루소트로부터…… 전화…… 들리십니까?" 그가 어떻게 내 전화번호를 알아냈을까? 내 이름은 전화번호부에 등재되지도 않았는데. 나는 팔림 호텔에서, 어쩌면 예전 어느 날 밤 이베트 댕티약과 파트릭 드 트루안이 묵었는지도 모를 방에서 전화하는 유령을 상상했다. 정말 야릇한 우연의 일치가 아닐 수 없었다…… 목소리는 이제 너무나 멀어져서 말이 두서없이 끊겼다. 나는 그가 내 아버지가 아직 이 세상 사람이라고 믿고 아버지를 만나고 싶어하는 것인지, 아니면 나를 만나고 싶어하는지 궁금했다. 이내 그의 목소리는 더는 들리지 않았다. 또다시 가구가 쓰러지는 소리인지 계단에서 뭔가 굴러떨어지는 소리인지 알 수 없는 잡음이 들려왔다. 그러고 나서는 수화기를 놓은 듯 신호음만 들렸다. 벌써 밤 여덟시였고, 팔림 호텔로 내가 연락을 해볼 엄두는 나지 않았다. 정말로 실망스러웠다. 엘렌 나바신의 목소리를 기대했던 것이다. 그후 그녀는 정말 어떻게 되었을까? 마지막으로 그녀를 본 건 꿈속이었는데, 나는 그녀가 채 자신의 주소와 전화번호를 가르쳐줄 틈도 없이 꿈에서 깨고 말았다.

❖

저 먼 곳에서 온 기 루소트의 음성을 들었던 그해 겨울, 내게 불운이 찾아왔다. 삼십 년이 넘는 세월 동안 아무리 애를 쓴들 삶은 처음보다 더 명확하고 조화로워지지 않는다. 작은 사건 하나가 갑자기 당신을 뒤로 돌아가게끔 할 수도 있는 것이다. 때는 12월이었다. 대략 일 주일 전부터 외출을 하거나 집에 돌아올 때면 내가 사는 건물 입구에서 몇 미터 떨어진 곳이나 맞은편 보도에 꼼짝 않고 서 있는 여자가 눈에 띄었다. 저녁 여섯시 전에는 그곳에 없던 여자였다. 키가 크고 양가죽을 뒤집어 지은 외투를 입고 챙이 넓은 모자를 쓴 여자는 어깨에서 허리로 비스듬히 밤색 가방을 메고 있었다. 시선으로 나를 좇으며 그녀는 말없이 위협적인 태도로 거기 머물러 있었다. 대체 내 유년 시절의 잊혀진 어느 악몽에서 그 여자가 솟아났을까? 그리고 하필이면 왜 지금? 나는 창에 몸을 기댔다. 그녀는 건물 벽면을 감시하는 듯 보도에 서서 기다리고 있었다. 그렇지만 방 안에 전등을 켜지 않았기 때문에 그녀 쪽에서 날 보는 것은 불가능했다. 어깨에 비스듬히 걸친 가방, 모자 그리고 장화를 신은 그 모습은 수많은 시체를 남기고 오래 전 사라져버린 어느 군대의 이동 식당 주모 같다는 인상을 주었다. 이제부터 그리고 내 인생이 끝날 때까지 그녀가 내가 사는 곳을 지키고 서 있지는 않을까, 내가 이사를 한다 해도 아무 소용이 없는 것은 아닐까 싶어 두려웠다. 이사를 가더라도 매번 그녀는 내 새로운 주소를 찾아내리라.

어느 날 밤 평소보다 늦게 귀가를 했는데 그녀가 여전히 그곳에 꼼짝도 않고 있었다. 내가 집의 문을 막 밀고 들어가려 할 때 그녀가 서서히 내게 다가왔다. 늙은 여자였다. 뭔가 부끄러울 줄 알아야 한다거나 내가 저질렀을 수도 있는 어떤 잘못을 환기시키려는 양 그녀는 엄한 눈빛으로 나를 쏘아보았다. 나는 말없이 그 시선을 받아냈다. 마침내 내가 무얼 잘못했는지 궁금해졌다. 나는 팔짱을 끼고 차분한 목소리로 또박또박 대체 내게 뭘 원하느냐고 물었다.

그녀는 턱을 치켜올렸고 입에서는 욕설이 쏟아져나왔다. 그녀는 내 이름을 불러대며 반말을 했다. 무슨 인척관계라도 되는 것일까? 어쩌면 오래 전에 그녀를 알았을 수도 있었다. 챙이 넓은 모자 때문에 그녀 얼굴의 표독스러움은 더 도드라졌고, 가로등의 노란 불빛 아래 보이는 그녀는 레니 리히펜슈탈이라는 이름의 늙은 독일 뜨내기 배우처럼 보였다. 미라 같은 그 얼굴에는 삶과 다양한 감정이라는 것이 전혀 보이지 않았다. 그렇다. 팔십 년 전의 심술궂고 변덕스러운 어린 소녀의 미라. 맹금류 같은 시선이 여전히 나를 뚫어지게 바라보았지만 나는 눈을 내리깔지 않았다. 대신 만면에 미소를 지어 보였다. 그녀는 날 물어뜯고 그 독으로 해할 태세였지만 그 공격성 아래에는 서툰 여배우의 밋밋한 연기처럼 꾸민 뭔가가 있었다. 다시 그녀는 욕설을 퍼부었다. 그리고 내가 들어가지 못하도록 통로를 막기 위해 건물 문을 등지고 섰다. 나는 여전히 미소를 지었고 그걸 본 그녀가 더욱 화가 치밀 거란 것을 잘 알고 있었다. 그렇지만 그녀가 두렵진 않았다. 깜깜한 어둠 속에서 마녀나 죽은 자가 방문을 열고 들어오리라는 생각에 겁에 질리던 유치한 시절은 지나갔다. "부인, 좀 살살 말씀하시겠습니까?" 나는 나 자신도 놀랄 만큼 예의 바른 어조로 그녀에게 말했다. 그녀 역시 침착한 말투에 말문이 막힌 듯 보였다. "미안합니다만, 이제는 부인처럼 큰 소리로 하는 말을 듣는 데 익숙하지 않아서요." 나는 눈 깜짝할 사이에 그녀의 표정이 일그러지고 눈이 휘둥그레지는 것을 보았다. 그녀는 대들듯 턱을 내밀었다. 무척 두껍고 돌출된 턱이었다.

나는 그녀에게 미소를 지어 보였다. 그러자 그녀는 내게 달려들어 한 손으로 내 어깨를 움켜쥐고 다른 한 손으로는 내 얼굴을 할퀴려 들었다. 빠져나오고자 했지만 정말이지 그녀의 몸은 무척 무거웠다. 나는 차츰차츰 유년 시절의 공포가 되살아남을 느꼈다. 삼십 년도 넘게 내 생활을 프랑스 식 공원만큼이나 질서정연하게 만들려고 노력해왔다. 공원은 하마터면 옛날 내가 빠져 죽을 뻔한 늪지를 넓은 산책로와 잔디밭 그리고 관목 숲으로 덮어버렸다. 삼십 년 노력의 결실이었다. 그랬는데 이제 와서 한밤중에 메두사 한 마리가 날 기다려 덮치다니…… 노파는 날 질식시키려 했다. 유년 시절의 기억처럼 무겁게 날 짓누르고 있었다. 흰 수의가 날 덮었고 더 발버둥쳐봤자 아무 소용이 없었다. 도와줄 수 있는 사람은 아무도 없었다. 조금 아래 광장에 경찰서가 하나 있고 그 앞에는 항상 경관들이 보초를 서고 있었다. 결국 모든 것은 호송차와 경찰서에서 해결되리라. 그것은 오래된 숙명이었다. 하긴 열일곱 살 때 아버지가 날 떼버리려고 호송차에 태웠던 것도 이 근처 교회 쪽에서였다. 삼십 년도 넘게 헛고생을 하고 출발점인 동네 경찰서로 되돌아온 셈이었다. 참으로 서글픈 일이었다…… 경관 중 한 명이 말하리라. 술 취한 두 사람이 길거리에서 싸우고 있는 것 같더라고. 그리고 노파와 나를 마치 한밤의 난투극 현장에서 체포한 자들처럼 긴 의자에 앉힐 것이고, 난 내 신분을 밝혀야 할 것이다. 내게 그녀를 아느냐고 묻겠지. 경찰은 내게 그녀가 내 어머니라고 주장하는데 서류상으로 보면 당신들 사이는 전혀 인척관계가 아니라고 말하리라. 게다가 당신 어머니는 누군지 알 수도 없군요. 선생, 당신은 자유요. 그자는 열일곱 살 때 아버지가 날 넘겼던 바로 그 경관일 것이다. 부비에르 박사의 말이 옳았다. 인생은 영원한 회귀라는. 싸늘한 분노에 휩싸여 나는 노파의 배를 무릎으로 된통 걷어찼다. 내 목을 누르던 손이 풀렸다. 나는 그녀를 거칠게 떠밀었다. 마침내 숨을 쉴 수 있었다…… 기습으로 그녀를 무력화시키고 나자 그녀는 더는 내게 접근하지 않은 채 커다랗게 뜬 작은 눈으로 나를 쏘아보며 보도 가장자리에 꼼짝 않고 서 있었다. 이제는 그녀가 수세를 취했다. 그녀는 내게 미소를 지어 보이려 했지만 그것은 표독스런 시선 때문에 금방 들통이 나고 마는 끔찍한 거짓 미소였다. 나는 팔짱을 끼었다. 미소가 통하지 않는다는 것을 깨달은 그녀는 애써 눈물을 짜내려는 시늉을 했다. 어떻게 이 나이에 그 환영에 겁을 집어먹고, 그녀가 아직도 나를 쓰러뜨릴 수 있는 힘을 가졌다고 잠시나마 믿었던 것일까? 경찰서에 들락거리던 시절은 이제 완전히 끝났다.

그후부터 그녀는 건물 앞에 진을 치고 서 있지 않았고, 지금까지도 살아 있다는 신호를 보내오지 않는다. 그날 밤 난 창문 뒤에서서 또 한번 그녀를 관찰했다. 그녀는 우리의 주먹다짐에 전혀 영향을 받지 않은 듯 보였다. 그녀는 도로 가장자리의 편평한 길을 따라 백 보쯤 걸으며 꽤 짧은 거리를 규칙적으로 그러나 거의 군인처럼 씩씩하게 오갔다. 몸은 빳빳이 세우고 턱은 높이 쳐든 채. 이따금 그녀는 보는 사람이 있는지 확인하기 위해 건물 벽면으로 고개를 돌렸다. 그러고 나서 절뚝거리기 시작했다. 처음에는 연습 삼아 같은 동작을 반복했다. 그녀는 차츰차츰 자신의 리듬을 찾아냈다. 나는 그녀가 절뚝거리며 멀리 사라지는 모습을 지켜보았다. 그러나 그녀는 패주하는 군대를 찾아나선 이동 식당의 늙은 주모 역을 너무 과장해 연기하고 있었다.

삼 년 전 노파가 나를 공격했던 때와 거의 같은 시기인 6월인가 7월인가에 나는 투르넬 강변도로를 따라 걷고 있었다. 햇빛이 비치는 토요일 오후였다. 나는 헌책방들을 둘러보며 책을 들여다보고 있었다. 그런데 갑자기 굵고 붉은 고무 밴드로 한데 묶어 눈에 확 들어오게 진열해둔 세 권의 책에 눈길이 갔다. 노란 표지, 첫 권에 검은 활자로 찍은 저자 이름과 서명이 내 가슴을 찌르는 듯했다. 프레드 부비에르의 『추억-화면』이었다. 나는 고무 밴드를 벗겨냈다. 나머지 두 권 역시 부비에르가 쓴 『약물과 치료요법』 『거짓말과 고백』이었다. 그는 당페르 로슈로의 모임중에 그 책들에 대해 몇 번 언급한 적이 있었다. 그는 약간 냉소적으로 이 책들이 이제는 구할 수 없는 책들이며 '젊은 시절의 작품들' 이라고 했다. 출간 일자는 표지 아래에 출판사 이름 '오 사블리에' 와 함께 씌어 있었다. 그랬다. 그 시절 부비에르는 분명 젊었으리라. 기껏해야 스물두 살이나 스물 셋.

나는 그 세 권의 책을 샀고 『거짓말과 고백』의 면지에서 '주느비에브 달람에게. 나는 이 책을 그녀 나이일 때 야간 통행금지 시간에 썼다. 프레드 부비에르' 라고 쓴 헌사를 발견했다. 나머지 두 책에는 헌사가 없었으나 첫번째 책과 마찬가지로 속표지에 푸른 잉크로 '주느비에브 달람' 이라는 이름과 '주르당 가 4번지' 라는 주소가 씌어 있었다. 항상 부비에르의 그늘에 있었고 모임이 끝나면 자동차 안 그의 옆 좌석에 앉던 창백한 피부의 금발 머리 아가씨의 얼굴, '저 여자 이름은 주느비에브 달람이에요' 하고 일러주던 매처럼 생긴 사내, 그 모든 것이 기억에 되살아났다. 나는 헌책방 주인에게 어디서 이 책들을 구했느냐고 물었다. 그는 어깨를 으쓱했다. 오, 어떤 이가 이사하는 바람에…… 주느비에브 달람이 푸른 눈으로 부비에르를 바라보던 눈길, 그의 말을 삼키듯 듣던 태도를 다시 머릿속에 떠올리며 나는 그녀가 이 세 권의 책을 처분하는 건 도저히 있을 수 없는 일이라고 생각했다. 갑자기 자기 삶의 한 부분과 결별하지 않는 한. 아니면 그녀가 죽지 않는 한. 주르당 가 4번지. 내가 부아 베르트의 호텔 방에서 살고 있을 때 그곳에서 아주 가까운 곳이었다. 하지만 확인할 필요는 없었다. 그 호텔이 사라진 지 십오 년이 지났고 부아 베르트라는 거리 이름이 바뀌었다는 것도 알고 있었다.

당시 어느 날인가 포르트 드 장티로 가는 21번 버스를 타려고 기다리던 중에 조그만 건물에서 나오는 그녀를 보았지만 감히 다가가지 못했던 일이 떠올랐다. 그녀 역시 버스를 기다리고 있었고, 정류장에는 우리 둘뿐이었다. 그녀는 나를 알아보지 못했는데, 그건 당연한 일이었다. 모임 때에 그녀는 오직 부비에르만 바라보고 있었으며, 그룹의 다른 멤버들은 부비에르가 자기 주변에 퍼뜨리는 무리 속의 뿌연 얼굴들에 지나지 않았으니까.

버스가 출발했을 때 승객이라곤 우리 둘뿐이었고, 나는 그녀 맞은편 의자에 앉았다. 며칠 전 매처럼 생긴 사내가 속삭여준 이름을 또렷이 기억하고 있었다. 주느비에브 달람.

그녀는 투명한 종이로 싼, 아마도 부비에르가 야간 통행금지 시간에 써서 그녀에게 바쳤던 것일 수도 있는 책에 푹 빠져 있었다. 어디에서 읽었는지 이제 기억은 나지 않지만, 뒷모습이라 할지라도 뚫어지게 바라보면 그 사람은 상대의 존재를 알아차리게 된다는 구절을 읽은 적이 있다. 나는 꽤나 한참 동안 그렇게 했다. 그녀는 버스가 글라시에르 가를 지나갈 때에야 얼핏 나에게 주의를 기울였다. "부비에르 박사의 모임에서 당신을 봤습니다." 나는 그녀에게 말했다. 그 이름을 입 밖에 내면 그녀가 호의를 보일 거라 생각했지만, 그녀는 내게 수상쩍다는 시선을 던졌다. 나는 그녀의 찌푸린 얼굴을 펴기 위한 말을 찾았다. "정말 대단해요. 부비에르 박사는 사람들이 살아가면서 스스로에게 던지는 모든 질문에 답을 하니까요." 내가 다시 말했다. 그리고 나는 마치 일상생활과 우리가 현재 타고 있는 버스에서 벗어나려면 부비에르라는 이름만 말해도 된다는 듯 심취한 것 같은 태도를 취했다. 그녀는 안심하는 듯했다. 우리는 같은 영적 지도자를 모시고 있고 같은 의식(儀式)과 비밀을 공유하고 있었다. "모임에 나오신 지 오래되었나요?" 그녀가 내게 물었다. "몇 주 되었지요." "그분과 좀 더 개인적인 접촉을 갖고자 하시나요?" 그녀는 마치 자신이 부비에르와 여러 제자들 사이의 유일한 중개자인 양 약간 거만스럽게 질문을 던졌다. "당장은 아니고요. 전 기다리는 편이 더 좋아요." 나는 대답했다. 내 목소리 톤이 너무도 심각한지라 그녀는 내 말의 진실성을 더 의심할 수 없었다. 그녀는 내게 미소를 지어 보였고, 나는 그녀의 커다랗고 창백한 푸른 눈 속에서 심지어 나에 대한 일종의 애정 같은 것을 보았다고 생각하기까지 했다. 그러나 공연한 환상을 품지는 않았다. 부비에르 덕분이었다.

그녀는 남자용 손목시계를 찼는데, 가는 손목과 대조를 이루고 있었다. 검은 가죽 시곗줄이 헐거웠다. 그녀는 가방 속에 책을 쑤셔넣었다. 그 바람에 손목시계가 미끄러져 바닥에 떨어졌다. 나는 그걸 주우려 몸을 숙였다. 아마도 부비에르가 쓰던 시계이리라, 나는 생각했다. 그가 쓰던 물건을 항상 자신이 지니고 다닐 수 있도록 그걸 달라고 했을 것이었다. 나는 그녀가 손목에 시곗줄을 꼭 맞게 차도록 도와주려 했으나, 줄은 아무리 해도 그녀 손목에는 너무 컸다. 그러다 그녀의 손목 아래, 동맥이 있는 곳에 난, 아직 선홍빛을 띠고 있어 비교적 최근에 생긴 것이리라 추측이 가능한 흉터와 죽 이어진 작은 수포들을 보게 되었다. 처음에는 불편한 기분이 들었다. 흉터는 내가 푸른 눈의 금발 머리 아가씨와 버스에 앉아 동행하는, 해가 비치는 겨울날과는 어울리지 않았다. 나는 행복과 프랑스 식 정원에 대한 취향을 가진 꽤나 평범한 사람이었다. 종종 암울한 생각이 가로지르긴 하지만 그건 내 의사하고는 어긋나는 일이었다. 그녀도 어쩌면 마찬가지였을 것이다. 그녀의 미소와 시선은 부비에르 박사를 알기 이전의 무사태평함을 나타내고 있었다. 분명히 그가 그녀에게서 삶의 즐거움을 앗아가버렸다. 내가 흉터를 보았다는 걸 알아채고 그녀는 그걸 감추려고 손을 쫙 펴서 무릎 위에 얹었다. 나는 그녀에게 가벼운 말을 던지고 싶었다. 아직 학생인가요 아니면 벌써 직장을 구했나요? 그녀는 오페라 앵테랭이라는 회사의 타이피스트로 있다고 설명해주었다. 갑자기 그녀가 천연덕스럽게 말을 하는 바람에 부비에르 박사 이야기를 꺼냈을 때 보였던 격하고 부자연스러운 모습은 흔적조차 남지 않았다. 그렇다. 나는 마침내 그녀가 인생의 기로에서 그를 만나기 전에는 아주 단순한 여학생이었다고 믿게 되었다. 그리고 그 시절에 그녀를 만나지 못한 것을 아쉬워했다.

나는 그녀에게 오래 전부터 그 모임에 나갔느냐고 물었다. 그녀는 처음에는 어려웠고 그다지 이해하지도 못했노라고 대답했다. 자신은 철학에 대해 전혀 아는 바가 없었노라고. 중학교 졸업장을 받고 학교를 그만두었다고도 했다. 자신의 지적 수준이 높지 않다는 생각에 '심한 좌절감' 에 빠지기도 했다는 것이었다. 마지막 말을 하며 그녀는 자신의 손목에 흉터가 생기게 된 이유를 내가 이해하길 바랐을지도 모른다. 그런데 부비에르 박사는 그녀가 자신감 결핍을 극복할 수 있도록 도와주었다. 무척 고통스런 훈련이었지만 그 덕분에 좌절감에서 벗어날 수 있었다. 그래서 혼자서는 결코 도달할 수 없는 수준에 오르게 해준 그에게 진정 감사하고 있다는 것이었다. 어디에서 그 사람을 처음 만났나요? 오, 어느 카페에서죠. 그녀는 사무실로 다시 들어가 일하기 전에 그곳에서 샌드위치를 먹고 있었다. 그는 '그랑제꼴' 학생들에게 할 강의 준비를 하고 있었다. 그런데 그녀가 타이피스트임을 알게 된 그가 그녀에게 글을 하나 타이핑해달라고 부탁을 했다는 것이었다. 나도 어느 카페에서 처음으로 부비에르를 만났노라고 막 말을 하려 했지만 고통스러운 주제를 들추게 될까 두려웠다. 그녀는 아마 모피를 덧댄 레인코트를 입은 그 여자, "다음번에는 당신이 날 위해 재충전할 생각을 하세요" 라고 말하던 여자의 존재를 알고 있을지도 모르는 일이었다. 그리고 만일 손목에 있는 흉터의 근원에 그 여자가 자리하고 있는 것이라면? 혹은 그저 단순하게, 내가 처음 봤을 때 무척 기이한 애정 생활을 하던 부비에르 본인이 자리하고 있는 것이라면……

나는 그녀가 어느 정거장에서 내리는지 알고 싶었다. 프티 샹다니엘 카사노바. 나는 뤽상부르 역으로 가는 티켓 한 장만을 끊었지만 그건 하등 중요하지 않았다. 끝까지 그녀와 함께 가기로 결심한 터였다. 그녀는 오페라 앵테랭으로 가는 중이지만 곧 그 직장을 뜰 것이라고 했다. 부비에르 박사가 그녀에게 '풀타임' 으로 일하는 직장을 구해준다고 약속했다는 것이다. 그녀는 그의 강의록과 논문들을 타이핑할 것이고, 모임 준비와 회원 소집과 여러 그룹에 보낼 소식지를 담당하리라. 그녀는 마침내 삶에 의미를 주는 진정한 일거리를 갖게 되어 행복하다고 했다.

"그럼 당신은 전적으로 부비에르 박사에게 헌신할 작정인가요?" 그 말이 내 입 밖으로 새어나가자마자 나는 후회했다. 그녀는 약간 표정이 굳어져, 창백한 푸른 눈으로 뚫어져라 날 응시했다. 나는 일반론인 듯 얘기함으로써 그 서투른 실수를 만회하고자 했다. "아시다시피 사상가들이 자기 제자들에게 행사하는 힘을 조절하겠다는 생각을 늘 하는 건 아니거든요." 그녀의 시선이 누그러졌다. 나는 그녀가 날 보지 않고 자신의 생각에 빠져 있다는 느낌을 받았다. 그녀가 내게 물었다. "그렇게 생각하세요?" 그 질문 속에 너무도 큰 혼란스러움과 순진함이 엿보여 나는 감동하고 말았다. 마침내 자신의 삶에 의미를 줄 진정한 일이라…… 어쨌든 그녀 손목 아래쪽의 흉터로 판단컨대 그녀는 자신의 삶에 종지부를 찍고자 했었다…… 그녀가 내게 속마음을 털어놓는다면 얼마나 좋았으랴. 나는 잠시나마 버스 안에서 그녀의 얼굴이 내 얼굴 가까이 다가와 아무도 못 듣도록 내 귀에 대고 오랫동안 속삭이기를 꿈꾸었다.

또다시 그녀는 불신에 찬 눈길로 날 바라보았다. "당신 말에 동의할 수 없어요." 그녀는 무뚝뚝하게 말했다. "나는요, 내게는 사상가가 필요해요……" 난 고개를 끄덕였다. 그녀에게 뭐라 대답할 말이 없었다. 우리는 팔레 루아얄에 도착했다. 버스는 예전에 내가 아버지와 종종 테라스에 앉았던 뤽 위니베르 앞을 지나가고 있었다. 아버지 역시 말이 없었기에 우리는 침묵을 깨지 않은 채 헤어졌다. 차량이 붐비고 있었다. 버스는 단속적으로 움직였다. 그 틈을 타서 그녀에게 질문들을 던지고 주느비에브 달람이라는 이름을 가진 사람에 관해 보다 많은 걸 알아내야 했지만, 그녀는 뭔가 골똘히 생각하고 있는 듯했다. 프티 샹 다니엘 카사노바에

이를 때까지 우리는 단 한마디도 나누지 못했다. 그리고 우린 버스에서 내렸다. 보도에 내려서자 그녀는 왼손, 손목시계를 찬 흉터가 있는 손으로 무심히 내 손을 잡았다. "다음번 모임에서 보죠." 나는 그녀에게 그렇게 말했다. 하지만 그다음에 있었던 모임들에서 그녀는 여전히 나의 존재를 무시했다. 그녀는 오페라 거리로 거슬러올라갔고 곧 내 시야에서 사라져버렸다. 그 시각, 보도에는 너무 많은 사람들이 있었다.

그날 밤 나는 처음으로 내 생애에서 가장 슬펐던 일들 중 하나를 꿈속에서 다시 겪었다. 내가 열일곱 살이었을 때 아버지는 나를 떨쳐버리기 위해 어느 날 오후 경찰을 불렀다. 아파트 밖에는 호송차가 우리를 기다리고 있었다. 내가 '불량배' 라며 동네의 경찰서에 신고를 한 것이었다. 나는 그 일을 잊었으면 했지만 그날 밤 꿈에서는 기억에서 지워졌던 세세한 일이 나머지 일들과 함께 다시 살아나 뒤늦게 터지는 폭탄처럼 사십 년이 지난 후에 나를 온통 뒤흔들어놓았다. 나는 경찰서 맨 안쪽 긴 의자에 앉아 그들이 날 어떻게 하려는지 도무지 알지 못한 채 대기중이다. 때때로 꾸벅꾸벅 졸기도 한다. 자정부터는 규칙적으로 엔진 소리와 철걱거리는 문소리가 들린다. 형사들이 옷을 잘 차려입은 사람들, 또

거지 행색의 사람들이 뒤섞인 잡다한 패거리를 경찰서 안으로 밀어넣는다. 일제 단속이다. 그들은 자신들의 신분을 밝히기를 거부한다. 시간이 흘러 그들은 어떤 방으로 사라지고 내 눈에는 활짝 열린 그 방의 문만 보인다. 타자를 치고 있는 경관 앞에 마지막으로 선 사람은 밤색 머리칼에 모피 코트를 걸친 매우 젊은 여자다. 여러 번 경관은 그녀의 철자를 잘못 치고, 그녀는 지겨워하면서 되풀이한다. 자클린 보제르장.

그녀가 옆방으로 가기 전, 우리의 시선이 교차한다.

내가 차에 치였던 그날 밤 혹시 엘렌 나바신이 기차를 타는 파리 북역까지 그녀를 데려다주고 오는 길은 아니었을까 생각한다. 망각은 결국 우리 생애의 중요한 부분들 전체를 잠식하고 때로는 그 사이에 낀 아주 작은 시퀀스들까지도 잠식한다. 그리하여 그 낡은 영화에서는 필름에 낀 곰팡이들이 시간을 건너뛰게 하기도 하고, 여러 달의 간격을 두고 일어났던 두 사건이 같은 날 심지어 동시에 일어난 것이라는 느낌을 주기도 한다. 시커먼 구멍 한가운데서 때로는 느리게 때로는 급박하게 연속되거나, 기억 속에서 혼돈스럽게 뒤엉키는 토막 난 이미지들이 펼쳐지는 것을 보면서 어떻게 최소한의 시간대라도 설정할 수 있겠는가? 결국은 현기증이 난다.

그날 밤 나는 걸어서 북역에서 돌아오고 있었던 듯하다. 그렇지 않다면 왜 내가 그토록 늦은 시간에 심야버스 정류장 앞, 생 자크 탑이 있는 광장 근처의 벤치에 앉아 있었겠는가? 한 쌍의 남녀도 정류장에서 기다리고 있었다. 남자는 내게 공격적인 어조로 말을 걸었다. 그는 내가 자기와 그 여자를 따라 함께 호텔로 가기를 원했다. 여자는 아무 말도 하지 않았지만 거북한 눈치였다. 남자는 내 팔을 붙잡고 끌고 가려 했다. 그는 나를 그녀 쪽으로 떠밀었다. "예쁘잖아, 안 그래? 게다가 다 보지도 않았잖아……" 나는 벗어나려고 애를 썼지만 그는 정말 끈질기게 달라붙었다. 떨쳐낼 때마다 그는 내 팔을 다시 붙잡고 늘어졌다. 여자는 경멸적인 미소를 짓고 있었다. 그는 술에 취했음에 분명했고, 말을 할 때마다 자기 얼굴을 내게 들이밀었다. 술 냄새는 나지 않았지만 '아쿠아 디 셀바' 라는 야릇한 향수 냄새가 풍겼다. 나는 어깨 바깥쪽으로 거칠게 그를 떠밀었다. 그는 낙담한 기색으로 입을 헤벌린 채 나를 바라보았다.

나는 시청 바로 앞에 있는 쿠텔르리 가라고 하는 비스듬하고 인적이 없는 작은 길로 접어들었다. 그후 여러 해 동안, 그리고 심지어는 오늘날까지도 나는 그곳으로 돌아가 처음 그 거리가 나에게 불러일으켰던 불안감을 이해해보려고 노력했다. 그곳에는 항상 불안감이 존재한다. 아니, 차라리 시간을 벗어난 어떤 평행한 세계 속으로 미끄러져들어가는 느낌이다. 그 거리를 따라 걷기만 해도 충분하다. 그러면 도대체 내가 어떤 현재를 살고 있는지 잘 알지도 못한 채, 과거는 완전히 지나가버렸음을 깨닫는다. 그곳은 밤만 되면 차들이 쌩쌩 달리는 단순한 통로이다. 잊혀진 길, 아무도 한 번도 관심을 기울이지 않은 거리. 그날 밤 나는 왼쪽 보도 위로 붉은 빛이 비치는 것을 보았다. 그곳의 이름은 바위로 둘러싸인 작은 만이었다. 나는 그곳으로 들어갔다. 빛은 천장에 달린 칸델라*에서 흘러내리고 있었다. 한 테이블에서 네 사람이 카드놀이를 하고 있었다. 콧수염을 기른 갈색 머리칼의 남자가 일어나 내게 다가왔다. "저녁 식사를 하시려고요? 손님, 이층으로 올라가시지요." 나는 그를 따라 계단을 올라갔다. 그곳 역시 여자 둘, 남자 둘, 도합 네 명이 유리창 가까이에 있는 테이블을 차지하고 있었다. 그는 나에게 계단 입구 왼쪽에 있는 첫번째 테이블을 가리켜 보였다. 다른 사람들은 내게 전혀 관심을 보이지 않았다. 그들은 나지막한 소리로 소곤거리고 있었는데, 때때로 웃음소리로 말이 끊겼다. 생일파티를 벌이거나 크리스마스 파티를 벌이기라도 하는 듯 선물꾸러미들이 테이블 위에 널려 있었다. 빨간 식탁보 위에 메뉴가 있었다. 읽어보았다. 와테르조이 드 푸아송.** 다

* 휴대용의 유용 등화구. 금속·도기 등으로 만든 용기에 석유를 넣고 면사를 심지로 하여 불을 붙인다.

른 요리의 이름은 작은 글자들로 씌어 있어 강렬하다 못해 거의 하얗기까지 한 불빛 아래에서는 도저히 해독할 수가 없었다. 내 옆에 앉은 사람들이 쿡쿡대며 웃고 있었다.

와테르조이 드 푸아송. 나는 대체 이곳을 찾는 손님들은 어떤 사람들일까 궁금했다. 나지막한 소리로 주소를 주고받는 동업조합의 조합원들일까, 아니면 더는 시간이 흐르지 않는 이 거리에서 영원히 방황하는 사람들이 테이블 주변에 모인 것일까? 나는 왜 내가 이곳에 떨어졌는지 잘 알 수 없었다. 어쩌면 내가 이런 불편한 감정을 느끼는 건 엘렌 나바신이 가버려서인지도 몰랐다. 게다가 때는 어느 일요일 저녁이었다. 일요일 저녁이란 당신의 생에서 무(無)를 뜻하는 소괄호처럼 야릇한 기억들을 남기는 법이다. 학교나 병영으로 돌아가야 한다. 당신은 더는 이름이 생각나지 않는 역의 플랫폼에서 기다리고 있다. 잠시 후 당신은 기숙사의 푸른 야등 아래에서 불편하게 잠을 이룬다. 그리고 이제 난 바위로 둘러싸인 작은 만에서 붉은 테이블보가 깔린 테이블에 앉아 있었고, 메뉴는 와테르조이 드 푸아송을 추천하고 있었다. 저쪽에서 그들이 쿡쿡대며 웃고 있었다. 두 남자 중 하나는 아스트라칸 산 검은 모자를 쓰고 있었다. 그가 쓴 안경과 프랑스인처럼 생

** 벨기에 특유의 생선 스튜.

긴 갸름한 얼굴 모습이 러시아인지 폴란드인지 창기병이 쓰는 모자와 대조를 이루고 있었다. 샤스카. 그래, 그 모자를 샤스카라고 했다. 그는 곁에 앉은 금발 머리 여자와 어깨동무를 하고자 했지만, 그녀는 그러도록 허락하지 않았다. 그러자 다른 사람들이 웃음을 터뜨렸다. 아무리 애를 쓴들 나로선 그들의 웃음에 끼어들 수 없었다. 지금 생각하면 내가 그 테이블로 갔다고 해도 그들의 안중에도 들지 않았을 것이고, 설령 그들에게 말을 걸었다고 해도 내 목소리는 그들 귀에 들리지 않았을 것이다. 나는 구체적인 사항들에 집착하고자 애썼다. 레 칼랑크(바위로 둘러싸인 작은 만), 쿠텔르리 가 4번지. 어쩌면 불편함은 그 거리의 지형적 위치 때문에 생겨난 것이었는지 모른다. 거리의 끝에는 센 강변에 있는 커다란 경찰서 건물이 있었다. 건물 창에서는 한줄기 불빛도 보이지 않았다. 나는 홀로 이 구역에 남아 있게 될 순간을 연장하기 위해 계속 테이블에 앉아 있었다. 심지어 샤틀레 광장에 비출 빛을 생각해도 안심이 되지 않았다. 좀더 멀리, 강변로를 통해 도달해야 하는 생 제르맹 로제루아를 생각해도 마찬가지였다. 그 작자는 샤스카를 벗어버리고 이마를 닦았다. 내게 주문을 받으러 오는 사람은 아무도 없었다. 하긴, 한 모금도 삼키지 못했으리라. 레 칼랑크라는 이름의 레스토랑에서 파는 와테르조이 드 푸아송이라니…… 그 혼합물에는 불안한 무엇인가가 있었다. 나는 점점 더 일요일 저녁의 불안을 극복할 수 있으리라는 자신이 없어졌다.

❖

밖으로 나온 나는 심야버스를 다시 기다려야 할지 스스로에게 물었다. 그렇지만 홀로 호텔방에 돌아간다는 생각만 해도 끔찍했다. 포르트 도를레앙 구역이 갑자기 음산하게 보였다. 아마 그 동네가 가까운 과거, 마치 총살 집행자들을 만나러 가기라도 하는 듯 몽루주 쪽으로 멀어져 가던 내 아버지의 실루엣과 제예르, 로통드 그리고 그뒤 동네에서 만나자고 했지만 지켜지지 않은 그 모든 약속을 떠올리게 했기 때문이었는지 모른다. 엘렌 나바신과 함께 있어야 했을 시간이었다. 그녀와 함께였다면 나는 안심하고 집으로 돌아갔을 것이고, 심지어 일요일 저녁의 죽어버린 거리들을 함께 가로질러 걸어갔을 것이다. 조금 전 레 칼랑크에서 본 샵스카를 쓴 사내와 함께 있던 사람들보다 더 큰 소리로 함께 웃었으련만.

용기를 내기 위해 나는 포르트 도를레앙에서는 여기만큼 모든 것이 음산하지는 않다고 혼잣말을 했다. 여름철이면 그곳에는 커다란 청동 사자가 앉아 있었고, 멀리서 그 사자를 바라볼 때마다 지평선에 보이는 그 존재가 나를 안심시켜주었다. 그는 과거뿐 아니라 미래까지 지켜주고 있었다. 오늘 밤 같으면 사자가 나의 이정표가 되어주련만. 나는 그 불침번을 신뢰하고 있었다.

나는 걸음을 재촉해 생 제르맹 로제루아까지 갔다. 리볼리 가의 아케이드에 도달했을 때, 나는 화들짝 잠에서 깬 듯했다. 레 칼랑크…… 금발 머리를 껴안으려 하던 샵스카 쓴 사내…… 아케이드를 따라 걸으며 자유로운 기분으로 되돌아오는 느낌이 들었다. 왼쪽으로 루브르 궁과 어린 시절 다니던 튈르리 공원이 나왔다. 콩코르드 광장을 향해 점차 다가가면 공원 철책 너머 어둠 속에는 무엇이 있을까 맞춰보려 하리라. 첫번째 분수대, 수풀 속 극장, 회전목마, 두번째 분수대…… 이제 몇 걸음만 내디디면 탁 트인 공간의 공기를 호흡할 수 있었다. 곧장 쭉 가면. 그리고 그 끝에는 사거리 한복판에 불침번처럼 버티고 앉은 사자가 있다…… 그날 밤 시내는 평소보다 더 신비스러웠다. 그리고 무엇보다, 내 주위로 그렇게 깊은 침묵을 느낀 적이 없었다. 차는 한 대도 보이지 않았다. 곧 나는 신호등이 빨간색인지 파란색인지 신경쓰지 않고 마치 초원을 가로지르듯 콩코르드 광장을 가로지르리라. 그랬다. 나는 또다시 꿈에 빠져들었다. 그러나 그 꿈은 조금 전 레 칼랑크에서의 꿈보다 훨씬 더 평온한 꿈이었다. 내가 피라미드 광장에 도착한 순간 그 자동차가 튀어나왔다. 그리고 다리에 통증을 느끼며 나는 곧 잠에서 깨어날 것이라고 생각했다.

사고가 난 후 미라보 병원 병실에서 나는 곰곰 생각해볼 시간을 가졌다. 맨 처음 기억해낸 것은 내가 어렸을 때 차에 치여 죽은 개였고, 그다음에는 같은 시기에 있었던 어떤 사건에 대한 기억이 조금씩 되살아났다. 그때까지는 그 생각을 하지 않으려고 피했던 것 같다. 다만 에테르의 냄새, 당신을 삶과 죽음의 아슬아슬한 균형점으로 이끄는 그 검고 하얀 냄새가 가끔 그 사건을 생각나게 했다. 상쾌함과 마침내 탁 트인 곳에서 호흡하는 느낌, 그러나 이따금 수의처럼 무거운 느낌. 그 전날 시립병원에서 그 사내가 날 재우기 위해 내 얼굴에 호흡 마스크를 씌웠을 때, 나는 이미 그런 일을 겪은 적이 있음을 기억해냈다. 똑같은 밤, 똑같은 사고에 똑같은 에테르 냄새.

그것은 하교할 때였다. 운동장을 나서면 약간 비탈진 길이 나왔다. 그 길 양옆으로는 나무들과, 이제는 빌라인지 농가인지 아니면 교회의 별장들인지 알 수 없는 집들이 늘어서 있었다. 어렸을 적 내내 하도 여러 곳을 옮겨다니며 살았기 때문에 장소들이 혼동되었다. 그 길에 대한 기억은 어쩌면 비아리츠에 있던 길이나 주이 앙 조자스의 비탈길에 대한 기억과 뒤섞였는지도 모른다. 같은 시기에 얼마 동안 그 두 곳에서 살았고 또 그 개도 주이 앙 조자스에 있는 독퇴르 퀴르젠 거리에서 차에 치였던 것 같다.

나는 오후가 저물 무렵 교실에서 나왔다. 겨울이었을 것이다. 어둠이 내리고 있었다. 나는 누가 데리러 오길 기다리며 인도에서 있었다. 이내 내 주위에는 아무도 남지 않았다. 교문은 굳게 닫혀 있었다. 이제는 유리창 너머로 새어나오는 빛도 없었다. 집에 가려면 어느 길로 가야 할지 몰랐다. 길을 건너려고 했는데, 막 인도에서 발을 떼자마자 소형 트럭이 급정거를 했고 나는 쓰러졌다. 발목을 다쳤다. 그들은 짐칸의 방수포 아래에 나를 눕혔다. 두 사람 중 한 명이 내 곁에 남았다. 차에 시동이 걸리자 어떤 여자 하나가 올라탔다. 나는 그녀를 알고 있었다. 그녀와 나는 같은 건물에 살고 있었다. 그녀의 얼굴이 기억난다. 스물다섯 살쯤 되는 젊은 여자로 머리카락은 금발이거나 옅은 밤색이었고 뺨에는 흉터가 있었다. 그녀가 내게 몸을 기울이고 내 손을 잡았다. 뛰어오기라도 한 양 그녀는 헐떡거리고 있었다. 그녀는 우리 옆에 있는 남자에게 차가 고장이 나는 바람에 너무 늦게 도착했노라고 설명했다. 그녀는 '파리에서 오는 길' 이라고 말했다. 소형 트럭은 어느 정원의 울타리 앞에 멈춰 섰다. 남자들 중 하나가 나를 안고 정원을 가로질러 달렸다. 그녀는 여전히 내 손을 잡고 있었다. 우리는 집 안에 들어섰다. 나는 침대 위에 눕혀졌다. 사방이 흰 벽인 방이었다. 두 명의 수녀가 내 위로 몸을 숙였는데, 그녀들의 얼굴은 하얀 모자로 꽉 조여 있었다. 그녀들은 내 코에 시립병원의 것과 똑같은 검은 호흡 마스크를 씌웠다. 잠에 빠져들기 전에 나는 에테르의 하얗고 검은 냄새를 맡았다.

◈

그날 오후 병원에서 나온 후 나는 강변도로를 따라 그르넬 다리 쪽으로 걸어갔다. 예전에 수녀들이 있던 집에서 깨어났을 때 무슨 일이 있었는지 기억해보려고 애를 쓰면서. 어쨌든 나를 데려갔던 사방이 하얀 벽으로 둘러싸인 그 방은 미라보 병원의 병실과 비슷했다. 그리고 에테르 냄새는 시립병원에서와 똑같았다. 그 점이 어쩌면 내가 찾고자 하는 걸 찾도록 도와줄 수 있는지도 몰랐다. 사람들 말에 따르면 과거를 되살리는 데는 냄새가 가장 탁

월하다는데, 에테르의 냄새는 언제나 내게 야릇한 효과를 불러일으켰다. 그 냄새는 내 유년 시절의 냄새와 비슷했지만, 잠과 연결되어 있고 또한 고통을 지우기 때문에 그 냄새가 밝혀주는 이미지들은 즉시 흐려졌다. 아마도 그런 연유에서겠지만 내 유년 시절의 기억은 너무나 혼란스러웠다. 에테르는 기억과 동시에 망각을 유발했다.

하굣길, 방수포를 덮은 소형 트럭, 수녀들이 있던 집…… 나는 또다른 사항들을 찾았다. 어떤 차 안, 여자 옆에 있는 나의 모습이 보였다. 그녀는 문을 열었고 차는 좁은 길로 달렸다…… 그녀는 2층 복도 끝에 있는 방에 살았다. 그렇지만 그 기억들의 조각들은 너무나 흐릿해서 결국 붙잡지 못했다. 오로지 뺨에 있는 흉터만이 뚜렷이 기억났다. 나는 그 얼굴이 요전 날 밤 시립병원에서 본 그 얼굴이라고 분명히 확신하고 있었다.

강변도로를 따라 걷다가 나는 알보니 가 모퉁이, 지상으로 다니는 지하철이 지나가는 통로 앞에 도착했다. 공원은 좀 멀리 떨어진 곳, 도로에서 직각 방향의 장소에 있었다. 나는 별다른 이유 없이 유리와 거무튀튀한 철 세공품 문이 있는 큰 건물 앞에서 걸음을 멈췄다. 정문으로 들어가 수위에게 자클린 보제르장이 사는 층이 몇 층이냐고 물어보고, 만일 그녀가 아직도 그곳에 살고 있다면 초인종을 눌러보고 싶었다. 하지만 그렇게 불쑥 남의 집에 들이 닥치는 건 정말 내 천성에 맞지 않았다. 나는 한 번도 남에게 무언가를 청해본 적도 없었고 누구의 도움을 요청한 적도 없었다.

하굣길에서의 사고와 요전 날 밤 피라미드 광장에서의 사고 사이에 얼마나 많은 시간이 흘렀을까? 고작 십오 년 정도일 것이다. 경찰차에 함께 타고 시립병원에 함께 간 그 여자는 젊어 보였다. 십오 년 동안에 사람이 많이 변하지는 않을 것이다. 나는 계단을 올라가 파시 역에 들어섰다. 그리고 작은 역의 플랫폼에 서서 열차가 들어오기를 기다리며, 알보니 공원에서 본 그 여자가 십오 년 전의 그 여자와 동일 인물인지 아닌지 알 수 있게 해주는 실마리들을 찾았다. 그러자면 학교가 있던 곳, 수녀들이 있던 집, 내가 한동안 살았고 또 그녀가 복도 끝 방에서 살았던 그 건물의 이름이 있어야 했다. 그 시절은 내가 비아리츠 그리고 주이 앙 조자스에서 살던 때로 거슬러올라간다. 그전일까? 아니면 그 두 기간의 중간일까? 시간순으로 보면 처음에 비아리츠에서 살았고 그다음이 주이 앙 조자스이다. 주이 앙 조자스에서 살다 파리로 다시 올라왔는데, 그때의 기억은 내가 이른바 철이 들기 시작한 나이라 기억이 좀더 또렷했다. 오직 아버지만이 희미하게나마 그 시절에 대해 알려줄 수 있었겠지만, 아버지는 어디론가 종적을 감추었다. 따라서 나 혼자 풀어나가야 할 문제였고, 게다가 그렇게 하는 것이 당연하다고 여겨졌다. 지하철은 센 강을 가로질러 강 좌안

방향으로 달렸다. 열차는 건물들을 따라 달리리라. 건물의 불 밝힌 모든 창문은 내게 하나하나의 수수께끼처럼 보이겠지. 놀랍게도 사고가 나기 전주의 어느 날 밤, 나는 지하철에서 우연히 부비에르 박사와 마주쳤다. 그는 나와 만난 것에 전혀 놀라는 기색 없이 동일한 상황과 얼굴들은 종종 우리의 삶에 반복하여 나타난다고 설명했다. 그리고 앞으로 언젠가 회합에서 '영원한 윤회'에 대한 주제로 발표를 하겠노라고 했다. 그는 나를 신뢰하기 시작한 것 같았다. "당신은 아마 예전에 어떤 야릇한 상황에 놓인 나를 보고 놀랐을 거요." 그는 거의 애정이 담기다시피 한 눈으로 나를 그윽이 바라보았다. 그의 얼굴과 목의 멍자국은 사라지고 없었다. "이보게, 젊은이…… 내겐 나 자신에게도 오랫동안 감춰온 것이 있어요…… 한 번도 공개하지 않았던 것이." 그러다가 그는 냉정을 되찾았다. 그는 고개를 저으며 말했다. "미안해요……" 그리고 내게 미소를 지어 보였다. 마지막 순간에 매우 힘든 고백을 자제한 것에 마음이 놓인 듯한 기색이 뚜렷했다. 그는 흔적을 지우려는 듯 대수롭지 않은 일들에 대해 지나치게 많은 말을 늘어놓았었다. 좌석에서 일어난 그는 피갈 역에서 내렸다. 나는 그가 약간 걱정이 되었다.

그날 오후가 다 갈 무렵, 지하철에서 내려 약국에 들렀다. 병원에서 준 처방전을 내밀며 나는 약사에게 언제까지 붕대를 감고 있어야 하느냐고 물었다. 약사는 내가 다치게 된 사연을 알고 싶어 했다. 내가 차에 치였노라고 대답하자, 그는 "소송은 거셨겠지요……" 하고 말했다. 약사는 다그쳐 물었다. "그래서 소송은 거셨냐고요?" 나는 미라보 병원에서 내가 서명한 서류를 감히 그에게 보여줄 수가 없었다. 내가 보기에 그 서류는 이상했다. 내 방에 돌아가면 머릿속을 정리한 후 차분히 그걸 다시 읽어보아야겠다고 생각했다. 약국을 나설 때에 약사가 말했다. "매번 머큐로크롬으로 상처를 소독하는 걸 잊지 마세요."

호텔로 돌아온 나는 전화번호 안내로 전화를 걸어 알보니 스퀘어에 사는 자클린 보제르장의 전화번호를 물었다. 그러나 알보니 스퀘어에 사는 사람들의 목록에는 그런 사람이 없다고 했다. 마치 몇 년 비웠다가 다시 돌아온 것처럼 혹은 전생에 살았던 것처럼 내 방이 평소보다 더 좁아 보였다. 이전 날 밤의 사고로 내 삶에 단절이 생겨 그 이전과 이후로 나누인 것이었을까? 나는 지폐들을 세어보았다. 어쨌든 내가 그렇게 부유해본 적은 한 번도 없었다. 당분간은 피곤하게 파리를 헤매고 다니면서 한 서점에서 싸게 산 책을 다른 서점에 약간의 이윤을 얹어 팔아넘기는 일은 하지 않아도 되었다.

발목이 아파왔다. 그렇지만 붕대를 새로 갈 엄두는 나지 않았다. 머리 뒤로 팔을 깍지 낀 채 침대에 누워 지난 일들을 생각해보려 했다. 하지만 그건 내게 익숙지 않았다. 오래 전부터 나는 별로 향수도 느껴지지 않는 유년 시절을 잊으려 노력해왔다. 내겐 낡은 백신 예방접종 수첩 외에는 그 시절에 대한 어떠한 사진도, 물리적인 흔적도 없었다. 그랬다. 잘 생각해보면, 하굣길, 소형 트럭과 수녀에 관한 일은 비아리츠에서 살았던 시절과 주이 앙 조자스에 살았던 시절의 중간에 있었다. 그러니까 내가 여섯 살쯤이었을 때다. 주이 앙 조자스 이후에는 파리로 올라와 퐁 드 로디 가의 공립학교를 다녔으며, 그 이후에는 여러 기숙사와 프랑스 전역의 서민 아파트를 전전했다. 오늘날까지 생 로, 오트 사부아, 보르도, 메츠로 옮겨다니다 다시 파리로 온 것이다. 요컨대 내 생의 유일한 미스터리, 다른 것들과 연결되지 않는 단 하나의 고리는 소형 트럭에 치였던 첫번째 사고와 그날 저녁 '차가 고장이 났고 파리에서 오는 길'이라며 늦게 온 그 젊은 여인 혹은 소녀였다. 그 잊혀졌던 일이 다시 의식의 수면 위로 떠오르기 위해서는 그날 밤 피라미드 광장에서의 충격이 있어야만 했다. 부비에르 박사라면 그 일을 어떻게 생각했을까? 다음번 당페르 로슈로에서의 모임에서 영원한 윤회라는 주제를 설명하려고 준비한 다양한 예화들 중 하나로 그 일을 사용할 수도 있지 않았을까? 하지만 단지 그것만은 아니었다. 내 생에 미지의 세계를 향한 틈새 하나가 벌어진 것 같았다.

나는 일어나 벽장 맨 위 선반에서 블루마린색 마분지 상자를 끄집어냈다. 그 상자 속에 나는 나중에 지상에 내가 다녀갔음을 증명해줄 오래된 서류들을 모두 정리해두었다. 여권을 받기 위해 불로뉴 비양쿠르 시청에서 발급받은 출생 증명서 사본, 대입자격시험에 합격했다는 걸 증명하는 그르노블 학구의 증명서, 동물보호협회 회원증, 그리고 병역수첩 안에는 생 마르탱 드 비아리츠 교구에서 발행한 세례 증명서와 무척 오래된 그 백신 접종 수첩이 끼여 있었다. 나는 상자를 열어 처음으로 백신 접종 목록과 그 날짜들을 살펴보았다. 그중 한 번은 비아리츠에서 발라라는 의사에게서 맞았다. 그러고 나서 육 개월 후 디부아르라는 의사의 스탬프가 찍혀 있는 것으로 보아 포송브론 라 포레, 루아 에 셰르에서 또 한 번 백신 접종을 받았다. 그리고 여러 해 후에 파리에서 한 번 받은 적이 있었다…… 나는 이 실마리를 찾아낸 것이었다. 디부아르 박사와 포송브론 라 포레는 건초 더미에 떨어뜨려 영원히 잃어버릴 바늘이거나, 혹시 운이 좋다면 그걸 붙잡아 시간의 흐름을 거슬러올라갈 수 있는 실이 되리라.

그러고 나서 나는 병원에서 나올 때 갈색머리의 덩치가 내게 건네준 사건 보고서를 다시 읽어보았다. 그는 보고서의 사본 한 부를 따로 챙겨 가지고 갔다. 당시에는 그 보고서가 내 명의로 씌었고, '상기 본인은……' 이라고 시작되고 있다는 사실도 깨닫지 못했다. 거기에 사용된 용어들로 미루어보면 사고의 책임은 내게 있는 것 같았다. '리볼리 가의 아케이드쯤에서 콩코르드 방향으로 피라미드 광장을 가로지를 때에 나는 3212FX75 번호판의 녹색 피아트 승용차가 오는 것을 미처 보지 못했습니다. 운전자 자클린 보제르장 양은 나를 보고 피하려고 했으며, 그 결과 광장 아케이드에 부딪쳤습니다……'

그렇다. 아마도 이게 사실일 것이다. 차는 그리 빨리 달리고 있지는 않았으며, 나로서는 길을 건너기 전에 먼저 왼쪽을 살폈어야 했다. 하지만 그날 밤 나는 의식이 분리된 상태에 있었다. 자클린 보제르장. 전화국에서는 알보니 스퀘어에는 그런 이름을 가진 사람이 없다고 했다. 그러나 그건 그녀 이름이 전화번호부에 나와 있지 않기 때문이다. 나는 그 스퀘어에는 모두 몇 번지까지 있느냐고 물었다. 안내원은 13번지까지 있다고 대답했다. 약간만 인내심을 가진다면 그녀가 몇 번지에 사는지 알아낼 수 있을 것이다.

얼마 후 나는 방에서 내려와 다시 전화번호 안내에 전화를 걸었다. 포송브론 라 포레에는 디부아르 박사라는 사람이 없었다. 나는 약간 다리를 절면서 주르당 가가 시작되는 곳에 위치한 조그만 서점으로 가 미슐랭에서 나온 루아르 에 셰르 지역 지도를 샀다. 그리고 가던 길을 되돌아 카페 바벨 쪽으로 갔다. 다리에 통증이 왔다. 나는 유리창이 있는 테라스의 탁자에 앉았다. 벽에 걸린 시계가 겨우 저녁 일곱시를 가리키고 있는 것을 보고 놀랐고, 엘렌 나바신이 떠나버렸다는 사실이 정말 아쉬웠다. 누군가에게 말을 걸고 싶었다. 좀더 멀리, 주느비에브 달람이 사는 건물까지 걸어갈까? 하지만 그녀는 부비에르 박사와 함께 있을 것이 뻔했다. 부비에르 박사가 아직도 피갈에 있지 않다면 말이다. 저마다 자기 삶을 살도록 내버려두어야 한다. 하긴 어차피 난 예고도 없이 주브비에브 달람의 집 초인종을 누르지는 않을 것이었다……

그래서 난 미슐랭 지도를 펼쳐놓고 한참 동안 포송브론을 찾았다. 그런데 그 일이 정말 내 마음을 사로잡아 외로움을 잊을 수 있었다. 알보니 스퀘어. 포송브론 라 포레. 뭔가 나 자신에게 중요한 일, 그리고 어쩌면 내 삶의 흐름을 뒤바꾸어놓을 무언가를 막 알게 되려는 순간이었다.

알보니 가로 접어드는 입구 양편에 두 개의 카페가 서로 마주 보고 있었다. 사람들이 더 자주 찾는 카페는 오른쪽에 있었다. 그곳에서는 담배와 신문도 팔기 때문이었다. 나는 마침내 그곳 토박이인 주인에게 자클린 보제르장이라는 사람을 아느냐고 물어보았다. 아니오, 전혀 모르겠는데요. 이 부근에 사는 금발 머리 여잔데요. 예전에 자동차 사고를 당했는데. 아니오. 그는 모른다고 했다. 그러고는, 좀더 가면 트로카데로 공원이 나오기 전 강변도로에 커다란 자동차 정비소가 있고 그곳에 미국 차를 전문적으로 판매하고 있는 사람이 있는데, 그 사람에게 물어보면 알 수도 있으리라고 덧붙였다. 이 동네에는 고객들이 상당히 많다는 것이었다. 얼굴에 상처를 입은 여자인데요? 그래, 일은 이런 식으로 확인하는 것이다. 정비소에 가서 물어보시죠. 그는 내 질문을 받고 놀라지도 않고, 약간은 지겨운 듯하면서도 정중한 목소리로 대답했지만, 난 그의 앞에서 자클린 보제르장이라는 이름을 입 밖에 낸 것이 후회스러웠다. 다른 사람들이 자연스럽게 다가오길 기다려야 한다. 너무 갑작스런 제스처를 취해서는 안 된다. 말없이 꼼짝 않고 있으면서 배경에 녹아들어야 한다. 나는 이번에도 가장 후미진 자리에 가 앉았다. 그리고 기다렸다. 나는 해질 무렵 연못가에 걸음을 멈추고 어둠에 눈이 익숙해질 때까지 기다렸다가 잠잠해진 물의 움직임을 바라보는 그런 사람이었다. 인접한 거리들을 거닐면서 어느 누구에게든 아무것도 묻지 않고도 그녀를 다시 만나게 되리라는 확신이 점점 더 강해졌다. 나는 민감한 지역을 걷고 있었다. 이곳에 도달하기 위해 얼마나 많은 시간을 들였던가. 파리에서 내가 돌아다녔던 모든 여정, 센 강 좌안에서 뱅센 숲과 불로뉴 숲까지, 남쪽에서 북쪽까지 내 유년 시절의 모든 여정, 아버지와의 만남들, 지난 몇 해 동안 나 스스로 헤매고 다닌 일들, 그 모든 것이 센 강가 언덕의 중턱에 있는 이 동네, 그저 '주택가' 혹은 '이름 없는 곳' 이라고 말할 수 있는 이 동네로 날 이끈 것이다. 전날에 내 손에 도착한 편지에 이곳에서 만나자고 씌어 있었다. 십오 년 동안이나 다른 곳을 떠돌다 비로소 주인을 찾아온 편지였다. 그렇지만 내겐 너무 늦은 것이 아니었다. 똑같이 생긴 이

창문들 어느 하나의 뒤에, 그 집이 그 집 같아 혼동되는 이 건물들의 외양 속에 누군가 아직도 나를 기다리고 있기 때문이었다.

❖

강변도로와 알보니 가가 만나는 길 모퉁이에 있는 오른쪽 카페에 앉아 있던 어느 날 아침, 한 사내가 다른 사내 한 명과 함께 들어와 카운터에 자리를 잡았다. 나는 갈색머리의 덩치 큰 사내를 바로 알아보았다. 그가 입은 짙은 색 외투는 사고가 났던 날, 그리고 내가 미라보 병원에서 퇴원하던 날 입었던 바로 그것이었다.

나는 냉정을 유지하려고 애썼다. 그는 내 존재를 눈치채지 못했다. 두 사람 다 카운터에 자리를 잡고 있었기 때문에 나는 그들의 등만 바라보고 있었다. 그들은 나지막한 소리로 이야기를 나누었다. 다른 사내는 수첩에 노트를 하면서 이따금 갈색 덩치가 하는 말을 들으며 고개를 끄덕였다. 내가 앉은 테이블은 카운터와 꽤 가까웠지만, 그들이 하는 말은 한마디도 들을 수가 없었다. 여자와 내가 대기실의 긴 의자에 나란히 누워 있을 때, 그가 우리에게로 걸어오자 나는 왜 '갈색 덩치'구나 하는 느낌을 받았던 것일까? 사고의 충격 때문에 어쩌면 내 시력이 흐릿해졌을 수도 있었다. 그래서 요전 날 병원에서 퇴원할 때, 정말이지 난 제정신이 아니었다. 사실 그의 몸매가 어느 정도 우아하긴 하지만 짧게 깎은 머리와 얼굴 표정은 어쩐지 거친 느낌을 주었고 지금은 이름이 생각나지 않는 미국 배우를 연상시켰다.

나는 잠시 망설였다. 그래도 이번 기회를 놓치지는 말아야 했다. 나는 자리에서 일어나 카운터에 앉아 있는 그의 곁에 가서 팔을 괴었다. 그리고 내게서 반쯤 등을 돌리고 있는 그의 주의를 끌려고 몸을 기울였다. 내가 그에게 말을 걸려고 한다는 걸 알아차린 사람은 그의 상대였다. 상대는 그의 어깨를 툭툭 치며 손가락으로 나를 가리켰다. 그가 내게로 몸을 돌렸다. 나는 잠자코 있었지만 그게 단지 두려움 때문이었다고는 생각하지 않는다. 나는 마땅히 할 말이 무엇인지 생각하고 있었다. 그리고 그가 날 알아보길 바랐다. 그렇지만 그는 놀라 곤혹스러운 시선으로 날 바라보고 있었다. "당신을 다시 만나게 되서 기쁩니다"라고 말하며 나는 그에게 악수를 청했다. 그는 무심히 내 손을 잡았다. 그리고 눈살을 찌푸리며 내게 물었다. "우리가 만난 적이 있던가요?" "지난번에 여기서 그리 멀지 않은 미라보 병원에서 만났지요." 나머지 사람이 차가운 시선으로 나를 훑어보았다. "뭐라고요? 무슨 말인지 모르겠는데……" 그의 입술에는 미소가 떠올라 있었다. "어디시라고요?" "미라보 병원이요." "잘못 아신 것 같은데……" 그러면서 그는 위아래로 나를 훑어보았는데, 아마도 내가 자신을 협박하는 건 아닌지 알아보려는 심산인 것 같았다. 그의 시선이 내 왼쪽 구두에 머물렀다. 붕대를 감았기 때문에 나는 내 신발의 벌어진 틈을 더 넓혀놓은 터였다. 만일 내 기억이 맞는다면, 발목을 자유롭게 하기 위해 심지어 가죽의 가장 큰 부분까지 잘라내고, 마치 순종 말이 약한 발목을 보호하기 위해 간혹 발목에 붕대를 감듯 양말도 신지 않고 붕대를 감았을 것이다. "사고를 당했지요." 내가 그에게 말해주었다. 그러나 그는 영문을 모르겠다는 눈치였다. "그래요, 요전 날 밤 피라미드 광장에서 있었던 차 사고 말입니다……" 그는 말없이 나를 물끄러미 바라보았다. 나를 비웃고 있다는 느낌이 들었다. "다른 게 아니라 자클린 보제르장의 소식을 듣고 싶습니다……" 나는 그에게 말했다. 그는 담배를 꺼내 입에 물었고, 다른 한 작자도 나를 본체만체하며 그에게 라이터를 건넸다. "이보시오, 선생. 당신이 지금 무슨 말을 하는지 난 당최 모르겠군요." 거지나 술주정뱅이에게나 하는 말투처럼 상당히 경멸적이었다. 카페의 손님을 대하는 나의 태도에 놀란 카페 지배인이 우리 쪽으로 다가왔다. 지배인은 그 손님을 존경하고 심지어 두려워하는 듯했다. 사실 그의 얼굴과 짧은 갈색머리에는 뭔가 사람에게 두려움을 심어주는 것이 있었다. 심지어 약간 쉰 듯한 그 음색에서도. 그렇지만 나는 두렵지 않았다. 어린 시절부터 나는 아버지와 함께 있는 수많은 낯선 사람들을 보아왔으니까…… 그가 다른 사람보다 더 두려울 것도 없었다. "또 말씀드리고 싶은 것은…… 난 그렇게 많은 돈이 필요치는 않다는 겁니다……" 그러면서 나는 반코트 주머니에서 미라보 병원을 퇴원할 때 그가 건네준 이후로 쭉 지니고 다니던 지폐다발을 꺼냈다. 그는 냉담하고 경멸적인 태도로 손을 저었다. "미안합니다, 선생…… 이제 그만하시오." 그러더니 그는 자기 옆 사람에게로 몸을 돌렸다. 그리고 나의 존재를 무시하면서 나지막한 소리로 다시 대화를 재개했다. 나는 내 자리로 돌아가 앉았다. 카운터 뒤에서 지배인이 나를 바라보며 고개를 끄덕였는데, 그건 내가 무례했고 또 제때에 몸을 사렸다는 걸 알리는 듯했다. 왜일까? 나는 그 이유를 알고 싶었다.

그들은 카페를 떠나면서도 내게 눈길조차 주지 않았다. 유리창 너머로 나는 그들이 제방도로로 걸어가는 모습을 지켜보았다. 그들을 따라가볼까 망설이기도 했다. 아니다. 일을 급작스럽게 몰고 가서는 안 된다. 나는 벌써부터 사내 앞에서 냉정을 잃었던 것을 후회하고 있었다. 그의 주의를 끌지 않고 그냥 내가 있던 구석자리에서 그가 나갈 때를 기다렸다가 쫓아가야 했을 것을. 그래서 그가 누군지, 나를 그녀에게 데려다줄 수 있는지를 알아내야 했다. 그러나 이번 기회를 망쳤기 때문에 앞으로의 연결고리가 끊어진 것은 아닐까 두려웠다.

카운터 뒤에서 지배인이 여전히 약간의 질책 섞인 눈으로 날 바라보고 있었다. "제가 실례를 한 모양입니다. 혹시 그분 이름을 아시나요?" 내가 그에게 물었다. 그는 잠시 주저하더니 마지못한 듯 "솔리에르요" 하고 털어놓았다. 솔리에르가 자신을 대하는 내 태도에 그리 나쁘게 반응하지 않은 걸 보니 내가 운이 좋았다고도 했다. 대체 어떤 태도요? 요전 날 밤 내가 차에 치였는데 그래서 그 운전자가 누군지 확인해서 찾아내려고 했을 뿐이에요. 내 입장에서는 당연한 일 아닌가요? 내 말이 그에게 먹혀든 것 같았다. 그는 미소를 지었다. "이해합니다……" "그런데 대체 솔리에르란 그 사람은 어떤 사람인가요?" 그의 미소가 더 활짝 피어났다. 내 질문이 재미있게 들린 듯싶었다. "성가대 소년은 아니죠. 그럼요. 성가대 소년은 절대 아니죠……" 꽁무니를 빼는 그의 어조에서 나는 더는 알아낼 수 없으리라 느꼈다. "이 동네에 사는 사람인가요?" "예전에는 살았지만 지금은 아닌 것 같던데……" "결혼은 했나요?" "그거야 제가 말씀드릴 수 없지요." 다른 손님들이 들어오는 바람에 우리의 대화는 중단되었다. 그런데다 그는 내게 더는 신경을 쓰지 않았다. 정말 주제넘게도 나는 그가 조금 전 솔리에르와 내가 나눈 이야기를 중요하게 여긴다고 생각했다. 손님들은 들어오고 나가고 저희끼리 속삭인다. 언성을 높이는 경우도 있다. 야심한 시각에는 때때로 경찰의 지원을 요청해야 하는 경우까지 있다. 사람들이 오가며 왁자지껄한 가운데서도 몇몇 사람의 얼굴과 이름들을 알게 된다. 그러나 그렇게 오래 기억하지는 못한다.

◈

조금만 운이 좋으면 이 부근에서, 주차되어 있는 그 차를 다시 보게 될 수도 있으리라고 생각했다. 나는 강변도로에 있는 커다란 정비소까지 걸어가 가솔린 주유를 맡은 남자에게 혹시 고객들 중에 최근에 사고를 당해 얼굴을 다친 금발 머리 여자를 아는지 물었다. 물색의 피아트를 모는데요. 그는 잠시 생각에 골몰했다. 아니오. 보지 못했는데요. 강변도로에는 통행량이 워낙 많아서…… 고속도로나 마찬가지라는 것이었다. 그리고 고객들의 얼굴에는 신경도 쓰지 못한다. 손님이 너무 많다는 것이었다. 피아트도 그렇고. 또 금발 머리는 어찌나 많은지…… 나는 조금 떨어진 트로카데로 공원으로 갔다. 그 공원을 난생처음으로 걸어본다고 생각했으나 해양박물관 건물 앞에 이르자, 아주 흐릿한 유년 시절의 기억이 떠올랐다. 나는 표를 끊어 해양박물관으로 들어갔다. 그리고 오랫동안 수족관 유리 너머의 물고기들을 구경했다. 인광을 발하는 물고기들이 내게 무엇인가를 환기시켰다. 누군가 나를 해양박물관에 데리고 온 적이 있는데, 그때가 정확히 언제였는지는 생각나지 않았다. 비아리츠에 살기 전이었던가? 비아리츠에 살던 때와 주이 앙 조자스에서 살던 때의 사이였던가? 아니면 파리로 돌아온 지 얼마 되지 않았을 때, 내가 아직도 완전히 철이 들지 않았던 때였던가? 하굣길에 소형 트럭에 치였던 그때와 같은 시기일 듯했다. 조용히 물고기들을 바라보면서, 내가 카페 지배인에게 솔리에르란 사람이 대체 어떤 사람이냐고 물었을 때 지배인이 "성가대 소년은 아니지요"라고 한 대답을 떠올렸다. 나는 일생에 단 한 번 성가대 소년이었던 적이 있었다. 한 번도 그 기억을 떠올려본 적이 없었는데, 갑자기 그 기억이 되살아났다. 마을에 있던 교회에서 자정미사를 드리던 때였다. 아무리 기억을 되짚어보아도 그곳은 포송브론 라 포레일 수밖에 없었다. 그곳에 학교와 수녀들이 있던 집과, 전화번호부에 나오지 않는다고 전화번호 안내에서 알려준 디부아르 박사가 있었다. 그리고 나를 자정미사와 트로카데로에 있는 해양박물관에 데리고 갔던 사람도 다름 아닌 바로 그녀였다. 소형 트럭의 방수포 아래에서 그녀는 내 손을 잡고 나를 향해 고개를 숙이고 있었다. 그 기억은 수족관의 불빛이 말없이 밝히고 있는 조용한 그 방에서 더욱 또렷이 살아났다. 자정미사를 끝내고 좁은 길을 따라 집 현관까지 돌아올 때까지 누군가 내 손을 잡고 있었다. 같은 사람이었다. 그리고 같은 시기에 난 여기에 와서 유리벽 너머로 미끄러지듯 유영하는 형형색색의 똑같은 물고기들을 조용히 바라본 적이 있었다. 그래서 등뒤에서 발걸음 소리가 들려도, 또 돌아서면 마치 그 모든 세월이 아무것도 아니었던 양 그녀가 내게 다가오는 모습을 보게 된다 하더라도 놀라지 않았으리라. 게다가 우리는 포송브론에서 파리 시내까지, 피라미드 광장에서 나를 친 초록색 물빛 차와 똑같은 차를 타고 오갔다. 그녀는 나를 찾으러, 밤이면 밤마다 파리 거리에 나가 차를 타고 돌아다녔다.

해양박물관을 나서자 추위가 엄습했다. 공원의 소로와 잔디밭 위로 조그만 눈더미들이 있었다. 하늘은 투명할 정도로 푸르렀다. 내 생애 처음으로 시야가 뚜렷하다는 느낌이 들었다. 샤요 궁이 선명하게 드러나는 그 푸르름, 마비된 상태로 지낸 지 몇 년 만에 느끼는 혹독한 추위…… 예전 밤의 사고는 때를 정말 잘 맞춘 것이었다. 혼수상태에서 깨어나려면 나에게는 충격이 필요했다. 더는 안개 속을 걸을 수 없었다…… 그런데 내가 성년에 도달하기 몇 개월 전에 그런 일이 일어난 것이다. 이 얼마나 기이한 우연의 일치인가! 나는 때맞춰 구원을 받은 것이다. 아마도 그 사고는 내 생애를 결정짓는 중요한 사건 중 하나가 되리라. 경고.

학교와 방수천을 덮은 소형 트럭…… 그것이 아마 처음으로 나를 과거로 돌아가게 한 계기였는지 모른다. 그러기 위해서는 예전 밤에 당한 사고의 충격이 있어야만 했다. 그때까지만 해도 난 그날그날 연명하며 살았다. 나는 사람들이 조심성 없다고 말했을 빙판 위의 운전자였다. 뒤를 돌아보는 건 하지 말았어야 했다. 어쩌면 내가 너무 좁은 다리 위에 올라선 것인지도 몰랐다. 돌아설 수 없는. 한 번만이라도 백미러를 들여다보면 그대로 현기증에 쓰러졌을 것이다. 그러나 오늘 난 지나간 보잘것없는 세월을 높은 곳에서 아무 두려움 없이 굽어볼 수 있었다. 마치 나 아닌 누군가 내 생애를 내려다보거나, 나 자신의 엑스레이 사진을 환히 빛나는 스크린에 띄워놓고 보고 있는 듯했다. 모든 것이 너무나 뚜렷했고, 선들도 매우 선명하고 깨끗했다…… 이제 남은 것은 골자였다. 소형 트럭, 방수포 아래에서 몸을 숙여 나를 지켜보던 그 얼굴, 에테르, 자정미사 그리고 그녀의 방이 이층 복도 끝에 있던 집 현관까지 돌아오던 길.

나는 비르 아켕 다리를 지나 제방도로를 향하고 있는 조그만 길거리의 호텔을 점찍어두었다. 사흘 후, 나는 포르트 도를레앙으로 돌아가 잠을 자고 싶지 않았기에 프르미에라는 그 호텔에 방을 하나 얻었다. 어떤 손님들이 그 호텔을 이용하는지 궁금했다. 부아 베르트 가에 있던 방보다 훨씬 안락한 방에는 전화기와 욕실까지 딸려 있었다. 그렇지만 내가 그렇게 호사를 누릴 수 있었던 것은 병원에서 퇴원할 때 솔리에르라는 이름의 남자가 내게 건네주었던, 그리고 돌려받기 원하지 않았던 그 돈 덕분이었다. 그에게는 안된 일이었다. 내가 고민을 하다니 정녕 바보였다. 아무튼 그는 성가대 소년이 아니었으니 말이다.

밤에 그 방에서 나는 다시는 부아 베르트 가로 돌아가지 않으리라 결심했다. 몇 벌의 옷과 옛날 서류들을 넣어둔 블루마린색 마분지 상자는 이미 가지고 왔다. 이제 그곳에 나의 흔적이 전혀 남아 있지 않도록 확실히 해두어야 했다. 그런 생각을 하자 슬퍼지기는커녕 오히려 앞날에 대한 용기가 솟았다. 짐을 하나 덜어버린 것이었다.

나는 늦은 시각에 호텔로 돌아갔다. 저녁 식사는 계단과 지하철역을 지나 있는 커다란 식당에서 했다. 아직도 그 식당 이름을 기억한다. 클로즈리 드 파시라는 식당이었다. 손님은 별로 많지 않았다. 며칠 저녁은 갈색머리를 매우 짧게 친 여주인과 요트 선수 같은 흰 상의를 걸친 웨이터 외에 손님이라곤 나 혼자뿐인 적도 있었다. 갈 때마다 나는 자클린 보제르장이 들어와서, 여주인과 앉아 이야기를 나누는 두세 명의 손님이 그렇게 하듯 바를 향해 발걸음을 옮기지나 않을까 하는 바람을 가졌다. 나는 입구에서 가장 가까운 테이블에 앉았다. 그래서 그녀가 들어서면 자리에서 일어나 그녀에게로 걸어가리라. 무슨 말을 할지는 이미 마음속으로 정해놓은 상태였다…… "우리 두 사람 다 피라미드 광장에서 사고를 당했지요……" 내가 걷는 모습만 봐도 금세 알 수 있으리라. 갈라진 구두에 붕대를 감은 발…… 프르미에 호텔의 안내 데스크에 있는 사내는 내 모습을 보며 눈살을 찌푸렸다. 내 반코트에는 핏자국도 남아 있었다. 나는 그가 못 미더워 한다는 걸 느꼈다. 그래서 보름 동안의 호텔비를 선불했다.

그렇지만 클로즈리 드 파시의 여주인은 붕대를 감은 내 모습과 낡은 반코트 위의 핏자국을 보고도 무덤덤했다. 분명 이곳보다 덜 평온한 다른 동네들에서 그런 모습들을 보았을 것이다. 바 옆에는 앵무새 한 마리가 커다란 노란색 새장을 차지하고 있었다. 수십 년이 흐른 후 그 시절의 잡지를 뒤적이다가 마지막 페이지에서 식당 광고가 실린 것을 보았는데, 그중 하나가 눈에 들어왔다. "클로즈리 드 파시와 그곳의 앵무새 페페르. 주중무휴." 겉보기에는 대수롭지 않은 문장이었지만 그걸 읽는 순간 내 가슴은 뛰었다. 어느 날 밤인가 나는 너무 외로워서 다른 사람들처럼 바에 앉는 편을 택했고, 여주인이 얼룩진 내 반코트와 붕대를 동여맨 발, 야윈 내 모습을 약간 측은히 여기고 있음을 알아챘다. 그녀는 내게 비앙도스를 마시라고 권했다. 그리고 내가 앵무새에 대해 묻자, 이렇게 대답했다. "원하신다면, 앵무새에게 문장을 하나 가르쳐주셔도 돼요……" 그래서 나는 곰곰 생각하다 마침내 가능한 한 또박또박하게 발음했다. "**나는 물빛 푸른색의 피아트 승용차를 찾고 있다.**" 앵무새에게 그 문장을 오랫동안 가르칠 필요는 없었다. 새가 그 말을 따라하는 방식은 더 간결하고 효과적이었다. "**물빛 푸른색 피아트 승용차.**" 그리고 앵무새 소리는 내 목소리보다 더 날카롭고 강렬했다.

클로즈리 드 파시는 이제 존재하지 않는다. 지난여름 어느 날 저녁 드레세르 대로에서 택시를 탈 때 보니 그 자리에 은행이 들어선 것 같았다. 하지만 앵무새들은 매우 오래 산다. 어쩌면 삼십 년도 더 흐른 지금도 그 앵무새는 파리 시내의 다른 구역에 살고 있을지 모르며, 왁자지껄한 또다른 어느 카페에서 아무도 이해하지 못하고 아무도 진정 귀 기울여주지도 않는데도 내가 말했던 문장을 되풀이하고 있을지도 모른다. 과거에 충실한 것은 앵무새들밖에 없다.

◈

나는 클로즈리 드 파시에서의 저녁 식사를 가능한 한 질질 끌었다. 열시경 여주인과 그녀의 친구들은 바와 페페르가 들어 있는 노란 새장 근처의 안쪽 테이블에 앉아 있었다. 그들은 카드놀이를 시작했다. 어느 날 밤인가 그녀는 내게 자기들 틈에 끼라고 제안하기도 했다. 하지만 그때는 하던 조사를 계속해야 할 시간이었다. 물빛 푸른색 피아트를.

자정 무렵 동네 거리들을 헤매고 다니다보면 주차되어 있는 그 차와 어쩌다 운 좋게 마주칠지도 모른다고 생각했다. 자클린 보제르장은 그 시각이면 틀림없이 집에 돌아와 있을 것이었다. 내가 마침내 물빛 푸른색 피아트를 찾아낸다면 그건 낮이 아니라 밤일 것 같았다.

살을 에는 듯한 추위에 거리는 고요했다. 이따금 동네 순찰에 나선 경찰차가 내 앞에 멈춰 서서 신분증 제시를 요구하지나 않을까 두려웠음은 물론이다. 피로 얼룩진 반코트와 벌어진 구두 사이로 드러난 붕대 감은 발을 보면 분명 내 모습은 부랑아 같았다. 게다가 나는 몇 달 차이로 성년의 나이인 스물한 살이 아직 되지 않은 터였다. 그렇지만 운 좋게도 당시의 밤에는 어떤 호송차도 나를 인근 경찰서나, 소년범들을 가두는 센 강변의 컴컴한 큰 건물로 끌고 가려고 멈춰 서는 일이 없었다.

나는 알보니 스퀘어에서부터 시작했다. 양편 보도를 따라 주차한 차들 가운데에는 물빛 푸른색 피아트가 한 대도 없었다. 나는 그녀가 자기 집 앞에서는 빈 공간을 찾지 못해 주차할 곳을 찾느라 동네를 한참 돌아다녔을 것이라고 생각했다. 그래서 꽤 멀리까지 갔을 수도 있었다. 만일 주차장에 차를 세워두지 않는다면 말이다. 그녀 집 근처인 드레세르 대로에는 주차장이 하나 있다. 어느 날 밤인가 나는 그 주차장으로 들어갔다. 안쪽에 유리 칸막이가 세워진 사무실 같은 곳에 한 남자가 있었다. 그는 멀리서부터 내가 다가오는 모습을 보았다. 내가 문을 열자 그는 몸을 세웠는데, 방어 자세를 취한다는 느낌이 들었다. 그 순간 새 외투를 입고 오지 않은 점이 후회스러웠다. 내가 말을 꺼내자마자 그는 긴장을 풀었다. 예전 어느 날 밤 차에 치였는데, 운전자가 이 동네에 살고 있다는 걸 거의 확신합니다. 지금까지도 그 운전자가 살아 있다는 어떤 기별도 준 적이 없어서 직접 그를 만나보고 싶습니다. 그리고 운전자는 여자에요. 맞아요, 알보니 스퀘어. 물빛 푸른색 피아트였죠. 그 여자도 확실히 얼굴을 다쳤어요. 그리고 피아트 차도 약간 부서졌고요.

그는 자기 책상 위에 이미 펼쳐져 있던 커다란 장부를 들췄다. 그러고는 아랫입술에 검지손가락을 얹고 천천히 페이지를 넘겼다. 그런 동작은 내 아버지가 종종 코란이나 뤽 위니베르에서 알쏭달쏭한 기록들을 검토할 때 하던 동작이었다. "물빛 푸른색 피아트라고 하셨지요?" 그는 무엇인가를 가리키려고 어떤 페이지의 중간쯤을 검지손가락으로 눌렀고 내 가슴은 콩닥콩닥 뛰었다. 실제로 물빛 푸른색 피아트가 한 대 있었지만, 흠집 하나 없었다…… 그는 고개를 들고 진단을 내리는 의사처럼 신중하게 나를 바라보았다. "이건 솔리에르라는 사람의 차인데요." 그가 말했다. "여기 주소가 있습니다." "알보니에 살지요?" "아뇨, 천만에요." 그는 내게 주소를 건네주기를 주저하는 듯 눈살을 찌푸렸다. "당신 말로는 여자라고 했는데. 동일한 차라고 확신하십니까?" 그래서 나는 그에게 전날 밤에 있었던 모든 사건을 다시 얘기해주었다. 그 솔리에르라는 사람이 우리와 함께 탔던 경찰 구급차며 시립병원과 미라보 병원, 병원에서 퇴원할 때 대기실에서 다시 나를 기다리고 있었다는 이야기를. 카페에서 날 알아보지 못하는 척했던 그 남자와의 마지막 만남에 대해서는 털어놓고 싶지 않았다.

"그 사람은 알베르 드 멍 가 4번지에 삽니다. 하지만 우리 고객은 아닙니다. 처음 온 분이더군요." 그가 말했다. 나는 그에게 알베르 드 멍 가가 어디 있느냐고 물었다. 저기, 트로카데로 공원을 따라 있지요. 해양박물관 부근인가요? 좀더 가야 합니다. 제방을 향해 비스듬히 내려가는 거리입니다. 앞 유리창과 헤드라이트 하나를 교환했는데, 누군가 수리가 채 끝나기도 전에 찾으러 왔습니다. 솔리에르 본인이었나요? 자기는 그날 비번이었기 때문에 그건 알 수 없지만 동료에게 물어봐주겠노라고 했다. 그는 이따금 내 갈라진 구두와 칭칭 동여맨 붕대에 시선을 던졌다. "아무튼 소송은 걸었지요?" 그는 마치 요전 날 약사가 그랬듯 애정에 가까운 질책조의 어투로 물었다. 누구에 대해서? 내가 소송을 걸었어야 했다면 그건 오로지 나 자신에 대해서였다. 그때까지 나는 무질서 속에서 살아왔다. 그리고 그 사고는 혼돈과 불확실성의 그 모든 시절에 종지부를 찍으려는 것이었다. 이제 때가 된 것이었다. 나는 물어보았다. "솔리에르 부인 같은 사람의 기록은 없나요? 아니면 자클린 보제르장이라는 사람의 기록이라도." "아무튼 기록에는 없네요." "얼굴에 상처가 난 금발 여자는요? 행여 이 동네에 지나가는 걸 본 적도 없나요?" 그는 어깨를 으쓱했다. "아시다시피 항상 나는 사무실 안에 있거든요. 방브에 있는 집으로 퇴근할 때만 빼고요. 운전자가 그 여자였다고 확신하나요?" 나는 확신한다. 그날 밤 우리는 솔리에르라는 사람이 다가와 함께 경찰차에 타기 전, 병원 대기실 긴 의자에 오랜 시간 나란히 앉아 있었다. 하려고 한다면 피라미드 광장에 있는 호텔에 가서 확인이라도 하리라. 증인 한 명 정도는 있을 것이다. 하지만 나는 증인이 필요하지 않았다. 그저 그녀를 만나 일을 명확히 하기만 하면 된다. 그것이 전부였다.

그가 말했다. "알베르 드 멍 가로 가보시지요. 행여 그들이 다시 피아트를 이리로 가지고 오면 알려드리겠습니다. 어떻게 연락을 하면 되지요?" 나는 그에게 프르미에 호텔 주소를 주었다. 어쨌든 이자는 내게 해를 끼칠 사람이 아니었다.

자정 무렵이어서 나는 트로카데로 공원까지 걸어갔다. 솔리에르. 나는 그 이름을 되뇌어보았다…… 아버지의 낡은 주소록을 보관하고 있었는데, 그건 분명 블루마린색 마분지 상자 안에 정돈되어 있을 것이었다. S로 시작되는 주소들을 찾아보리라.

나는 해양박물관 길을 따라갔다. 그랬다. 알베르 드 멍 가는 센강 쪽으로 완만한 경사를 그리는 내리막길이었고 트로카데로 공원을 쭉 따라 이어져 있었다. 4번지는 제방에 이르기 전에 있는 두 채의 건물 중 하나였다. 건물은 작은 길모퉁이에 있었고 꼭대기 층에는 테라스가 있었다. 창문에선 전혀 불빛이 보이지 않았다. 버려진 건물 같았다. 때때로 제방도로 위로 자동차 한 대가 지나갔다. 나는 유리로 된 문으로 다가갔지만 감히 들어갈 엄두는 나지 않았다. 야심한 시간인데다 내 옷차림을 보면 수위는 반드시 경찰을 부를 터였다. 그런데 수위가 있을까? 그리고 그 솔리에르라는 작자는 몇 층에 살까? 나는 공원 옆 보도 위에 멍하니 서 있었지만 건물 정면에서 시선을 떼지 않았다. 저곳, 저 건물의 어느 층에선가 내 생에 관한 중요한 무언가를 알게 될 것이었다. 어린 시절의 어느 오후 해양박물관에서 나왔을 때, 나는 공원을 따라 이 비탈길을 따라 걸었던 듯했다. 알베르 드 멍 가 4번지. 그래도 아버지의 낡은 수첩을 뒤져 솔리에르인지 뭔지 하는 사람의 이름을 앞세운 주소가 있는지 확인하리라. 어쩌면 포송브론 라 포레도 거기 언급되었을지 모른다. 그러면 그 두 장소를 어떤 끈이 연결해주고 있는지 알게 될 것이다. 짐작건대 나는 그 자클린 보제르장이라는 여자가 몰던 물빛 푸른색 피아트나 그보다 더 오래된 차를 타고 포송브론 라 포레와 파리를 수없이 오갔을 수도 있었다. 그 건물의 흰색 정면을 바라보면 볼수록 예전에 본 적이 있다는 느낌이 더 강하게 들었다. 잠에서 깰 때 사라지고 마는 꿈의

잔영이나, 달그림자처럼 자꾸만 손에서 빠져나가버리는 그런 느낌이었다. 포르트 도를레앙의 내 방에서라면 이 동네와 알베르드 멍 가가 나를 자석처럼 끌어당기는 지역이 되리라곤 전혀 상상조차 할 수 없었을 것이다. 이때까지 나는 주변부, 생의 변두리에 머물며 무엇인가를 기다리고 있었다. 요즘에도 나는 꿈속에서 그 동네들로 되돌아가 파리의 변두리에 있는 거대한 건물 숲속에서 길을 잃는 일이 있다. 사고 이전에 살던 내 옛날 방을 찾아보지만 매번 헛수고다.

나는 제방도로 모퉁이까지 걸었다. 거기에서도 물빛 푸른색 피아트는 한 대도 보이지 않았다. 나는 주택단지를 한 바퀴 돌았다. 어쩌면 그런 차가 없을 수도 있었다. 그러면 솔리에르의 전화번호를 어떻게 알 수 있을까? 예전에 카페에서 내가 보았던 것처럼, 그는 전화번호부에 이름을 올릴 부류의 사람이 아니었다.

◈

레이누아르 가의 약사는 친절하게도 내 붕대를 몇 번 갈아주었다. 그는 머큐로크롬으로 내 상처를 소독해주고는 걷는 걸 가급적 줄이고 왼발에는 갈라진 구두보다 더 잘 어울리는 신발을 신으라고 충고해주었다. 나는 그곳에 갈 때마다 충고를 따르겠노라고 약속했다. 그렇지만 물빛 푸른색 피아트를 찾기 전까지는 신발을 바꾸지 않을 생각이었다.

나는 전보다는 좀 덜 걸으려고 노력했고, 오후에는 프르미에 호텔 방에 더 오래 머물렀다. 그러면서 과거와 현재를 곰곰 생각해보았다. 전화번호부에서 알베르 드 멍 가 4번지에 사는 사람들을 찾아 이미 적어놓았다.

보르쉐(J.) : 파시 13 51

트로카데로 금융 부동산 회사 : 파시 48 00

데통브 (J.) : 파시 03 97

뒤퐁(A.) : 파시 24 35

굿윈(마담 C.) : 파시 41 48

그룅베르(A.) : 파시 05 00

맥 라클랑(G.V.) : 파시 04 38

솔리에르라는 사람은 없었다. 나는 그 번호들에 모두 전화를 걸어 솔리에르 씨나 자클린 보제르장 양과 통화를 하고 싶다고 했지만 상대방들은 그 이름을 듣고도 아무것도 생각나지 않는 것 같았다. 트로카데로 금융 부동산 회사에서는 전화를 받지 않았다. 아마도 그게 내가 찾는 번호인 모양이었다.

아버지가 적어놓은 주소록 수첩은 블루마린색 마분지 상자 안 내 서류들 사이에 잘 정리되어 있었다. 어느 날 밤인가 아버지가 카페 탁자 위에 깜빡하고 놓아둔 것을 내가 슬며시 호주머니에 집어넣은 것이었다. 그후 우리가 만나는 동안에도 아버지는 주소록 수첩에 대해서는 일절 말이 없었다. 수첩을 잃어버려도 전혀 아쉬울 것이 없거나, 내가 그걸 가지고 있으리라고는 꿈에도 생각하지 않고 있었음이 분명했다. 아버지가 몽루주 방향을 향해 안개 속으로 사라져버리기 몇 달 전에, 그 모든 이름이 더는 그에게 별 소용이 없는 것이 되어버렸을 거라는 생각이 든다. S자 항목에는 솔리에르라는 이름이 없었다. 주소들 중에도 포송브론 라 포레는 전혀 언급되어 있지 않았다.

어느 날 밤에는 그렇게 찾는다는 일이 무슨 의미가 있겠는가, 왜 나는 찾는 일에 매달리는가 스스로에게 물었다. 내가 순진했던 건가? 아주 일찍, 어쩌면 청소년기 이전에 나는 내 근원이 되는 곳은 없다고 생각했다. 비가 오던 어느 날 오후 라탱 구역에서 회색 개버딘 코트에 얼굴 가장자리에만 수염이 난 사내가 나누어주던 전단지가 생각났다. 그것은 젊음에 관한 설문지였다. 그런데 그 문항들이 내겐 기이하게 보였다. 당신이 알고 있는 가족 구조를 말해주시겠습니까? 나는 없다고 대답했다. 아버지와 어머니에 대해 뚜렷한 이미지를 간직하고 있습니까? 나는 희미하다고 대답했다. 당신이 좋은 아들(혹은 딸)이라고 생각합니까? 나는 한 번도 아들 구실을 한 적이 없었다. 이제껏 받은 학업을 통해 부모에 대한 존경심을 간직하고 또 사회 환경에 적응하려고 노력합니까? 학력 없음. 부모 없음. 사회 환경 없음. 혁명을 하는 것과 아름다운 경치를 구경하는 것 중 어느 것을 더 좋아합니까? 아름다운 경치를 구경하는 것. 심오한 고통과 가벼운 행복 중, 당신은 어느 것을 선호합니까? 가벼운 행복. 인생을 바꾸어보고 싶습니까 아니면 잃어버린 조화를 회복하기를 바랍니까? 잃어버린 조화를 회복하고 싶다. 그 두 단어가 나를 몽상에 잠기게 했다. 대관절 잃어버린 조화란 무엇이란 말인가? 프르미에 호텔 방에서 내 존재의 근원 없음과 유년 시절의 무질서함에도 불구하고 하나의 고정점, 무언가 마음이 놓이는 것, 나로 하여금 다시 발을 디딜 수 있게 도와줄 어떤 풍경, 바로 그것을 발견하게 되는 것은 아닐까 생각했다. 아마도 내가 알지 못하는 내 생의 온전한 한 부분, 유사(流砂) 아래에는 단단한 바탕이 있을지 모르는 일이었다. 그래서 그것을 발견하기 위하여 난 물빛 푸른색 피아트와 그 여자 운전자에게 기대를 걸고 있었다.

◈

잠을 이루기 힘들었다. 그 약사에게 내가 너무나 잘 알고 있는 검푸른색 에테르 유리병 하나를 구해달라고 부탁해보고 싶은 충동이 들었다. 그렇지만 나는 적절한 순간에 충동을 억제했다. 약해질 때가 아니었다. 맑은 정신을 유지해야만 했다. 하얗게 새운 밤이면 내 모든 책들을 부아 베르트 가의 내 방에 놓아두고 온 것이 가장 아쉬웠다. 그 동네에는 책방이 많지 않았다. 그래서 에투알 광장까지 걸어가 책방 하나를 찾아냈다. 거기서 추리소설 몇 권과 '천상의 경이' 라는 제목으로 내 호기심을 끈 낡은 중고서적 한 권을 샀다. 놀랍게도 추리소설은 더 읽을 수가 없었다. 그렇지만 『천상의 경이』를 열자마자 면지에 '밤의 독서' 라는 지시사항을 보고 그 작품이 내게 얼마나 중요한 것이 될지 짐작할 수 있었다. 성운. 은하수. 항성계. 북쪽의 성좌들. 황도, 먼 우주…… 그런 장들을 읽으면서 내가 왜 호텔 방 침대 위에 누워 있는지 알 수 없게 되었다. 나는 내가 어디 있는지, 어느 나라의 어느 도시에 있는지 잊었고, 또 내가 어디에 있는지도 더는 중요하지 않았다. 어떠한 약도, 에테르나 모르핀이나 아편도 차츰 나를 사로잡는 그 평온함을 안겨주지는 못했으리라. 그저 책장만 넘기면 되었다. 오래 전부터 내게 '밤의 독서' 를 하라고 권했어야 했는데. 그랬으면 많은 부질없는 고통과 잠 못 이루는 밤을 보내지 않을 수 있었을 텐데. 은하수. 항성계. 마침내 내게 지평은 무한까지 확대되었고, 다양하고 일시적인, 꺼져버렸거나 사라져버린 별들을 멀리서 바라보거나 혹은 가늠하는 일은 무척이나 감미로웠다. 나는 그 무한 속에서는 아무것도 아닌 존재였지만 어쨌건 숨을 쉴 수 있었다.

그 책을 읽은 영향이었을까? 밤에 동네를 산책할 때면, 계속 충일감이 느껴졌다. 이제는 어떤 불안감도 없었다. 나를 숨 막히게 하던 등껍질에서 벗어날 수 있었다. 다리 통증도 이제는 느껴지지 않았다. 붕대가 풀어헤쳐져 구두 위로 너덜거렸다. 상처는 흉이 지기 시작했다. 동네도 내가 거주하기 시작하던 초기의 분위기와는 다른 양상을 띠었다. 며칠 밤은 하늘이 너무도 청명하여 예전에 한 번도 본 적이 없을 만큼 수많은 별들이 반짝이는 모습을 보았다. 아니면 이제까지 내가 그런 것에 전혀 주의를 기울이지 않았을 수도 있다. 하지만 그후에 나는 『천상의 경이』를 읽었다. 발걸음은 종종 나를 트로카데로의 전망대로 이끌었다. 적어도 거기에선 바깥바람을 들이마실 수 있었다. 이제 그 지역에는 커다란 대로들이 가로지르고 있다. 센 강에서부터 공원, 줄지어 있는 계단, 시골길 같은 골목을 통하면 그 대로들에 이르게 된다. 나는 보도를 따라 주차된 차들이 없는 것을 보고 놀랐다. 그랬다. 모든 대로는 휑하니 비어 있어서 멀리서도 물빛 푸른색 피아트를 쉽게 알아볼 수 있었을 것이다. 어쩌면 며칠 전부터 그 구역에 자가용 운전자들의 주차가 금지되었을 수도 있었다. 그래서 앞으로 그 동네를 '블루 존'으로 불리는 구역으로 만들자고 결정을 내렸을 수도 있었다. 나는 유일한 보행자였다. 밤 열한시 이후로는 외출을 삼가라는 등화관제 경보라도 내린 것일까? 하지만 난 반코트 주머니에 경찰의 통제를 받지 않아도 되는 통행증이라도 갖고 있는 양 그런 것에는 아랑곳하지 않았다. 어느 날 밤에는 개 한 마리가 알마에서 트로카데로 전망대까지 날 쫓아왔다. 내가 어렸을 적에 차에 치였던 개와 색깔도 똑같고 종도 같은 개였다. 나는 오른쪽 인도로 해서 대로를 거슬러올라가고 있었다. 처음에 개는 십 미터쯤 뒤에서 쫓아오더니 점차 내게 가까이 접근했다. 갈리에라 공원의 울타리쯤에 이르자 우리는 나란히 걷게 되었다. 어디서 읽었는지 지금은 생각나지 않지만—어쩌면 『천상의 경이』의 어느 페이지 아래에 달린 주석에서일지도 모른다—밤중에 어떤 시각에는 사람이 평행한 세계로 미끄러져 들어갈 수 있다고 한다. 불을 끄지 않은 텅 빈 아파트 그리고 심지어는 끝이 막힌 작은 길로. 그러면 그곳에서 오래 전부터 잊고 있었던 물건들, 이를테면 부적, 편지, 우산, 열쇠 그리고 살아가면서 잃어버린 개나 고양이 혹은 말들을 다시 만나게 된단다. 나는 그 개가 독퇴르 퀴르젠가의 그 개라고 생각했다. 그 개는 메달이 달린 붉은 가죽 목사리를 하고 있었는데, 몸을 숙여보니 그 메달에는 전화번호가 새겨 있었다. 그런 것이 있으면 동물보호소에 데려다주기가 망설여지리라. 그리고 나는 반코트 안쪽 호주머니에 여전히 기한이 만료

된 낡은 여권을 간직하고 있었다. 나이가 들어 보이고 성년인 스물한 살이라고 하기 위해 생년월일을 위조한 여권이었다. 그렇지만 며칠 전 밤부터 나는 더는 경찰의 검문을 두려워하지 않게 되었다. 『천상의 경이』를 읽다보니 용기가 살아난 것이다. 그 이후부터 나는 아주 높은 곳에서 상황을 내려다보게 되었다.

개가 앞장서서 가고 있었다. 처음에는 내가 잘 쫓아오는지 확인하려고 고개를 돌리고 하더니, 이제는 규칙적인 발걸음으로 걷고 있었다. 개는 내가 있음을 확신하고 있었다. 나는 개와 보조를 맞추어 천천히 걸었다. 침묵을 깨는 것은 아무것도 없었다. 도로의 포석 사이로 풀이 자라고 있는 듯했다. 이제 시간은 존재하지 않았다. 아마도 부비에르가 '영원한 회귀'라고 말한 것이 그것인 모양이었다. 건물들의 벽면, 나무들, 가로등의 깜빡거리는 불빛은 내가 한 번도 알지 못했던 깊이를 지니고 있었다.

내가 트로카데로의 전망대로 접어들자 개는 잠시 망설였다. 계속 곧장 가고 싶은 듯했다. 그러더니 마침내 나를 따라오기 시작했다. 나는 한참 동안 아래의 공원들과 인광처럼 물이 반짝이는 거대한 분수대와, 센 강 건너편의 강변을 따라 서 있는, 샹 드 마르스 주변의 건물들을 바라보았다. 아버지 생각이 났다. 나는 저 아래 어느 방에 혹은, 막 문을 닫기 전의 어느 카페에 네온 불빛을 받으며 홀로 앉아 서류들을 들추고 있을 아버지를 상상했다. 어쩌면 운 좋게 아버지를 다시 한번 만날 수도 있었다. 어쨌든 시간은 소멸된 후였다. 그 독퇴르 퀴르젠 거리에서부터 개가 과거 밑바닥에서 솟아나왔기 때문이었다. 개가 더는 나와 함께할 수 없다는 듯, 그러다간 약속 시간에 늦겠다는 듯 내게 뒷모습을 보였다. 그래서 나는 개의 뒤를 쫓았다. 개는 인류박물관 정면을 따라 걸어서 비뇌즈 가로 접어들었다. 나는 한 번도 그 길로 가본 적이 없었다. 개가 나를 그곳으로 이끈 것은 우연이 아니었다. 마침내 목적지에 이르러 잘 알고 있는 어딘가로 되돌아간다는 느낌이 들었다. 그렇지만 창문들은 캄캄했고 나는 어둑어둑한 곳에서 앞으로 나아가고 있었다. 혹시라도 놓칠까봐 나는 개에게 바싹 붙었다. 사위가 고요했다. 내 발소리가 들렸다. 길은 거의 직각으로 꺾여서 나는 그 길이 다시 클로즈리 드 파시와 만나게 될 것이라 생각했다. 클로즈리 드 파시에는 이 시각쯤 노란 새장 속의 앵무새가 별 소용도 없이 '물빛 푸른색 피아트, 물빛 푸른색 피아트'라는 말을 반복할 것이고 여주인과 친구들은 카드놀이를 하고 있을 것이다. 길모퉁이를 돌자 불 꺼진 간판이 나타났다. 레스토랑 아니, 어쩌면 바일지도 모르는 곳인데 닫혀 있었다. 일요일이었다. 밝은 색의 목재로 정면을 마감하고 간판을 단 바는 샹젤리제나 피갈 거리에 어울렸을 법한데, 그런 곳에 있다니 위치가 참으로 기묘했다……

나는 잠시 멈춰 서서 출입구 위에 달린 간판에 뭐라고 씌어 있는지 보려고 했다. 야간비행이라고 씌어 있었다. 그러고 나서 나는 개가 어디 있나 앞쪽을 눈으로 훑어보았다. 보이지 않았다. 개를 따라잡기 위해 걸음을 재촉했지만 실패였다. 개의 자취는 간 곳이 없었다. 나는 달려서 드레세르 대로의 네거리에 이르렀다. 환한 가로등 불빛에 눈이 부셨다. 시야에는 개 한 마리 없었다. 대로의 비탈진 보도에도, 건너편에도, 작은 지하철역을 향한 내 앞쪽에도 그리고 센 강까지 내려가는 계단에도 보이지 않았다. 불빛은 하얬다. 북극 백야의 불빛. 그래서 멀리서도 그 검은 개를 볼 수 있었을 것이다. 그렇지만 개는 사라지고 없었다. 나는 내게 친근하면서도 며칠 전부터 마음을 가라앉혀주는 『천상의 경이』를 읽은 덕분에 잊을 수 있었던 공허감을 느꼈다. 개의 목사리에 적혀 있던 전화번호를 외어두지 않은 것이 아쉬웠다.

◇

그날 밤은 잠을 제대로 이루지 못했다. 과거에서 솟아나왔다 다시 사라져버린 그 개의 꿈을 꾸었다. 아침에는 다시 기운을 차렸고 개나 나에게 더는 어떠한 위험도 닥치지 않으리라는 확신이 들었다. 그 어떠한 차도 다시 우리를 치지는 못하리라.

막 일곱시가 되었다. 강변 카페 중 하나가 문을 열었다. 내가 솔리에르를 만난 카페였다. 이번에는 아버지가 만든 낡은 주소록을 반코트 주머니에 쑤셔넣었다. 주머니 안에는 여전히 무엇인가 들어 있었다. 『천상의 경이』거나 루아르 에 셰르 지역의 미슐랭 지도일 것이었다.

나는 환한 통유리창에서 가까운 테이블에 앉았다. 저기 다리 건너로 지하철 차량들이 하나씩 모습을 감추고 있었다. 나는 수첩을 들췄다. 그리고 파란색, 검은색, 보라색의 서로 다른 색깔의 잉크로 쓴 이름들을 읽어내려갔다. 보라색으로 쓴 이름들이 가장 오래 전에 쓰인 것들 같았고 글자도 더 공들여 씌어 있었다. 그 가운데 몇몇은 줄로 그어 삭제되어 있었다. 무척 놀랍게도 꽤 많은 이름들에 딸린 주소는 내가 지금 사는 동네의 거리들이었다. 나는 그 수첩을 갈무리해두었는데, 다시 적어본다.

이방 샤포슈니코프, 폴 두메르 가 1번지, 클레베르 73 46

기 드 부아쟁, 레누아르 자스맹 가 23번지, 33 18

닉 드 모르골리, 알보니 트로카데로 스퀘어 14번지, 65 81

토디 베르네르, 셰페르 가 28번지, 파시 90 90

마리 체르니셰프, 케 드 파시 30번지, 자스맹 64 76

또다시 케 드 파시 30번지가 나온다. 알렉시스 무타폴로라는 이름에, 오퇴유 70 66…… 이라고 적혀 있는 대목이다.

그날 오후 나는 호기심으로 그 주소들 중 몇 군데를 가보았다. 알베르 드 멍 가 4번지처럼 한결같이 밝은 색의 벽면에 통유리가 달린 창과 널따란 테라스가 딸린 집들이었다. 언젠가 사람들이 그런 건물들이 '현대식 편의시설'을 갖췄으며 몇 가지 특징이 있음을 지적한 것이 생각났다. 지하 난방시설을 갖추고, 나무가 아닌 대리석으로 바닥을 마감했으며 미닫이문을 단, 바다 한복판에서도 움직이지 않는 대형여객선을 탄 듯한 기분이 들 듯한 집. 그러한 사치 뒤에 찾아오는 허무가 너무도 선명하게 보였다. 나는 아버지가 젊었을 적부터 종종 이런 건물에서 살았으며 집세도 내지 않았단 걸 알고 있었다. 겨울이면 가구가 없는 텅 빈 방은 전기가 끊겼다. 아버지는 그 어느 곳에도 뿌리내리지 못하고 자신의 뒤로 아무 흔적도 남기지 않는, 매우 빠른 간격으로 자리를 옮기는 손님 중 하나였다. 그랬다. 나중에 그 존재를 증명하려면 애를 먹을 수밖에 없는 부류의 사람이었던 것이다. 전화번호나, 안뜰에서 서로 다른 계단으로 통하는 문 위에 내걸린 알파벳들처럼 세세한 사항들을 모아보았자 소용없는 일이다. 바로 그렇기 때문에 예전 어느 날 밤 알베르 드 멍 가에서 나는 가벼운 실망감을 느낀 것이었다. 설령 내가 대문에 들어선다 해도 그 어느 곳에도 도달하지 못할 것이다. 바로 그런 점이 부랑자처럼 심문을 당할지 모른다는 두려움보다 더 세게 내 발목을 붙잡았다. 나는 모든 것이

눈속임인 그 거리들을 헤매고 다니며 조사를 계속했다. 그것은 마치 허공에 토지대장을 만들고자 하는 기하학자의 시도처럼 부질없는 짓으로 느껴졌다. 그렇지만 나는 생각했다. 자클린 보제르장이라는 사람을 다시 찾아내는 일이 정말 내 능력 밖의 일일까 하고.

그날 밤 남극 지방의 성좌들을 다루는 장의 중간쯤에서 『천상의 경이』를 그만 덮었던 기억이 난다. 나는 아무도 없는 프런트에 방 열쇠를 맡기지도 않고 호텔에서 나왔다. 담배 한 갑을 사고 싶었다. 그런데 그때까지 문을 연 유일한 담배 가게는 트로카데로 광장에 있었다.

강변에서 나는 계단을 올라갔다. 작은 역을 지나쳤을 때 클로즈리 드 파시의 앵무새가 목이 졸린 듯한 소리로 '물빛 푸른색 피아트, 물빛 푸른색 피아트' 라고 되풀이하는 소리를 들은 듯했다. 유리창 너머로 아직 불빛이 비치고 있었다. 사람들은 카드놀이를 계속하고 있었다. 나는 겨울밤치고 공기가 차갑지 않아 놀랐다. 며칠 전에 눈이 내려서 인류박물관에 당도하기 전 아래쪽 공원에는 잔설이 남아 있었다.

커다란 카페에서 담배를 사고 있을 때 한 무리의 관광객들이 테라스로 나와 자리를 잡았다. 그들의 웃음소리가 들렸다. 나는 그들이 바깥에 있는 테이블에 앉는 것을 보고 놀랐고 잠시나마 일종의 현기증을 느꼈다. 혹시 내가 계절을 착각하고 있는 건 아닌가 생각했다. 그렇지만 아니었다. 광장에 서 있는 나무들은 잎을 다 떨구었고 다시 여름이 돌아오기까지는 한참을 기다려야 할 것이었다. 나는 언제 장막이 걷혀 햇빛을 볼 수 있을지 모를 만큼 심한 추위와 짙은 안개 속에서 여러 달을 걸어왔다. 오렌지 음료를 빨대로 마시며 일광욕을 하기를 바라는 것이 정말 삶에서 너무 많은 것을 요구하는 것일까?

나는 잠시 머물며 전망대 위에서 바깥공기를 들이마셨다. 그리고 그 오랜 세월을 가로질러 먼 곳에서 나를 만나러 온 그 어느 날 밤의 그 개를 생각했다…… 전화번호를 외어두지 못했다니 그 얼마나 바보 같은가……

예전의 그날 밤처럼 나는 비뇌즈 가로 접어들었다. 거리는 여전히 뿌연 어둠 속에 잠겨 있었다. 정전인지도 몰랐다. 바나 레스토랑 간판 불이 빛나긴 했지만, 불빛이 너무 약해 길모퉁이 바로 앞에 주차된 차의 검은 차체를 가까스로 구별할 수 있을 정도였다. 그곳에 도착했을 때 나는 심장이 멎는 듯했다. 예의 그 물빛 푸른색 피아트를 알아본 것이었다. 사실 놀라운 일은 아니었다. 그 차를 찾지 못하리라고 낙담한 적은 한 번도 없었으니까. 다만 인내심이 필요했다. 나는 나 자신을 인내심의 거대한 저수지라고 느끼고 있었다. 비가 오건 눈이 오건 나는 언제라도 길거리에서 몇 시간이고 버틸 준비가 되어 있었다.

범퍼와 깜빡이등 하나가 손상되어 있었다. 물론 파리에 물빛 푸른색 피아트야 많겠지만, 그 차에는 사고의 흔적들이 잘 남아 있었다. 나는 반코트 주머니에서 여권을 꺼냈다. 여권 속에는 솔리에르가 내게 서명을 하게 한 서류가 접힌 채 들어 있었다. 맞다. 동일한 등록번호였다.

나는 차 안을 들여다보았다. 뒷좌석에 여행 가방이 하나 있었다. 차창과 윈도 브러시 사이에 내 이름과 프르미에 호텔 주소를 적은 쪽지를 남겨둘 수도 있었을 것이다. 그렇지만 나는 즉시 일을 확실히 해두고 싶었다. 차는 레스토랑 바로 앞에 주차되어 있었다. 나는 밝은 색 나무문을 열고 안으로 들어갔다.

바 너머 벽에 걸린 등에서 불빛이 흘러내려 벽을 따라 양옆에 놓인 몇 테이블은 희미한 어둠 속에 잠겨 있었다. 그렇지만 내 기억 속에 그 벽들은 뚜렷이 남아 있다. 벽에는 매우 낡고 심지어 군데군데 찢긴 붉은 벨벳천이 늘어져 있었다. 마치 오래 전 한때 화사했으나 이제는 어느 누구도 찾지 않는 장소 같았다. 나를 제외

하면. 그때 나는 막 영업이 끝난 후에 내가 들어온 것이라고 생각했다. 바에 한 여자가 앉아 있었고, 그녀는 짙은 갈색 외투를 입고 있었다. 키나 머리 모양새가 기수 같은 젊은 남자가 테이블을 치우고 있었다. 그가 나를 훑어보며 물었다.

"무얼 드릴까요?"

설명하자면 너무 길었다. 나는 바로 걸어가 조그만 간이의자에 앉는 대신 그녀 뒤에 가서 걸음을 멈췄다. 그리고 그녀의 어깨 위에 손을 얹었다. 그녀가 흠칫 놀라 돌아보았다. 그녀는 놀란 눈길로 나를 뚫어지게 바라보았다. 그녀의 눈썹 바로 위로 커다랗게 긁힌 상처가 이마를 가로지르고 있었다.

"자클린 보제르장 씨죠?"

질문을 던질 때의 무심한 목소리에 나도 놀랐다. 심지어 누군가 나 대신 질문을 던진 것 같다는 느낌까지 들었다. 그녀는 말없이 내 얼굴을 빤히 바라보더니 시선을 아래로 내렸다. 잠시 내 반코트의 얼룩에서 머뭇거리던 시선은 좀더 아래로 내려가 붕대가 밖으로 삐져나온 구두로 떨어졌다.

"우리는 이미 피라미드 광장에서 만난 적이 있지요……"

내 목소리는 더 또렷해지고 무심하게 들렸다. 나는 여전히 그녀의 뒤에 서 있었다.

"그래요. 그래…… 잘 기억해요…… 피라미드 광장……"

내게서 눈을 떼지 않은 채, 그녀는 약간 냉소적인 미소, 내가 보기에는 그날 밤 호송차에서 지었던 것과 똑같은 미소를 지어 보였다.

"앉으시죠……"

그녀는 내게 아직 흰 테이블보가 덮여 있는, 바에서 가장 가까이 있는 테이블을 가리켰다. 우리는 서로 마주 보고 앉았다. 그녀는 자신의 잔을 테이블보 위에 놓았다. 나는 대체 그 잔에 어떤 술이 들었을까 궁금했다.

"당신도 뭘 마셔야 할 텐데요. 기운을 차릴 수 있는 것으로…… 무척 창백해 보여요."

그녀가 말했다. 그 말을 발음하는 그녀는 무척 진지했고, 심지어 지금껏 어느 누구도 내게 보여주지 않았던 일종의 애정 어린 심각한 어조로 말했다. 그 때문에 나는 거북했다.

"나처럼 마르가리타를 드세요."

기수처럼 생긴 웨이터가 내게 마르가리타 한 잔을 가져다주더니 바 뒤로 난 유리문으로 나가버렸다.

"당신이 병원에서 퇴원한 줄 몰랐어요. 내가 몇 주 동안 파리에 없었거든요…… 당신 소식을 좀 알아볼까 했는데……"

그녀가 말을 꺼냈다. 몇 십 년 또 몇 십 년이 지난 후에도, 우리가 얼굴을 마주하고 앉아 있던 그 장소는 무엇보다 매우 어두웠던 것으로 기억한다. 우리는 눈앞에 초점이 다른 렌즈들을 갖다대며 멀리서 환히 빛나는 시력검사판의 글자들을 식별할 수 있도록 하는 안과 진료실 같은 어둠 속에 있었다.

"병원에 더 오래 있어야 했을 텐데…… 탈출했나요?"

그녀는 또다시 미소를 지었다. 더 오래? 이해할 수 없었다. 화면 위의 글자들이 아직 뿌옇게 보이고 있었다.

"퇴원하라고 하던데요. 솔리에르라고 하는 사람이 날 찾아왔어요."

나는 그녀에게 말했다. 그녀는 놀란 기색이더니 어깨를 으쓱했다.

"그런 말은 하지 않던데…… 아마 당신이 두려웠나보군요."

나를 두려워한다고? 내가 누구에게 두려움을 주다니 한 번도 상상조차 하지 못했던 일이었다.

"어쩌면 낯설게 느껴졌나봐요…… 그 사람은 당신 같은 사람들에겐 익숙하지 않거든요……"

그녀는 당황한 듯했다. 그 솔리에르라는 사람이 나에게 느끼는 낯섬이 정확히 무엇인지 감히 물어볼 엄두가 나지 않았다.

"두세 번인가 당신을 면회하러 간 적이 있어요…… 유감스럽게도 항상 당신이 잠들어 있을 때였지요……"

날 면회하러 온 사람이 있었다는 얘기는 듣지 못했다. 갑자기 어떤 의혹이 스쳤다.

"내가 그 병원에 오래 있었나요?"

"열흘쯤 돼요. 솔리에르 씨가 당신을 그곳으로 옮기자는 제안을 했어요. 당신 상태로 보아 시립병원에 계속 놔둘 수가 없었거든요."

"그 정도였습니까?"

"그들은 당신이 독극물을 복용했다고 생각하고 있었어요."

그녀는 독극물이라는 말을 무척 분명하게 발음했다. 이제까지 누군가 나에 대해 그토록 조용하고 부드러운 목소리로 말하는 건 들어본 적이 없었다. 그녀의 말을 듣는 것은 『천상의 경이』를 읽는 것과 같은 진정 효과가 있었다. 나는 그녀의 눈썹 바로 위 이마를 가로지르는 커다란 상처에서 눈을 떼지 못했다. 맑은 두 눈, 어깨까지 흘러내린 밤색머리칼, 세운 외투 깃…… 야심한 시각과 우리 주위의 어둠 때문에 나는 예전 그날 밤 경찰차에 탄 모습 그대로의 그녀를 다시 발견했다.

그녀는 눈썹 위 긁힌 상처를 검지로 문지르며, 다시 냉소적인 미소를 지었다.

"첫 만남치고는 좀 과격했어요."

그녀가 말했다. 그러면서 마치 내 생각을 알아맞추고 싶은 듯 말없이 내 눈을 빤히 들여다보았는데, 그러한 주의력을 예전엔 어느 누구에게서도 본 적이 없었다.

"당신이 안 좋은 때에 일부러 피라미드 광장을 건너가려 했다는 느낌을 받았죠……"

하지만 그렇지 않았다. 나는 항상 현기증에 저항했다. 만일 죽을 생각이었더라도 결코 다리 위나 창문에서 허공으로 몸을 던질 수는 없었을 것이다. 그녀가 믿는 것처럼 차 아래로도 몸을 굴릴 수 없었으리라. 마지막 순간에 내게 생명이란 제일 강한 것이었다.

"당신이 정상적인 상태였다고는 생각하지 않아요……"

그녀는 또다시 내 반코트와 왼발에 신은 찢어진 구두에 시선을 던졌다. 난 최선을 다해 붕대를 다시 매어두었지만 그렇더라도 내 몰골이 그리 매력적이진 않았을 것이다. 나는 이런 모습으로 나타나 미안하다고 했다. 그렇다, 난 서둘러 사람 몰골을 다시 갖추고자 한다고 했다.

그녀가 나지막한 소리로 말했다.

"옷만 갈아입으시면 되겠네요, 그리고 신발도."

점점 더 마음이 놓였다. 나는 그녀에게 최근 몇 주 동안 다시 만나려 애를 썼노라고 고백했다. 그렇지만 번지수 없이 거리 이름만 가지고는 쉬운 일이 아니었다. 그래서 동네 부근을 다 쏘다니며 그녀가 몰고 있던 물빛 푸른색 피아트를 찾았노라고 말했다.

"물빛 푸른색이라고요?"

그녀는 그 형용사에 흥미가 끌린 듯 했다. 나는 그 표현은 솔리에르가 나로 하여금 서명하게 한 그 조서에 쓰인 그대로라고 말했다. 조서라고요? 그녀는 모르고 있었다. 나는 그걸 항상 반코트 안주머니에 가지고 다녔으므로 그녀에게 보여주었다. 그녀는 눈살을 찌푸리며 조서를 읽었다.

"놀라운 일은 아니군요…… 그 사람은 항상 사람을 못 믿었으니까……"

"그 사람이 상당한 액수의 돈도 주었답니다……"

"너그러운 사람이거든요."

그녀가 대답했다. 나는 그녀와 솔리에르라는 사람과의 정확한 관계가 어떻게 되는지 알았으면 했다.

"알보니 스퀘어에 사세요?"

"아뇨, 거긴 솔리에르 씨 사무실 중 한 곳의 주소예요."

매번 그녀는 그 이름을 발음할 때마다 어떤 존경심을 섞어서 말했다.

"그러면 알베르 드 멍은요?"

매우 부끄럽게도, 나는 용의자를 당황시키기 위해 전혀 예상치 못한 질문을 던지는 경찰 같은 분위기를 풍기고 있었다.

"거긴 솔리에르 씨의 아파트들 중 하나가 있는 곳이고요."

그녀는 전혀 당황하지 않았다.

"당신이 어떻게 그 주소를 알죠?"

나는 어느 날 카페에서 솔리에르라는 사람을 만났는데, 그가 날 모르는 척하더라고 말했다.

"알다시피 의심이 많은 사람이거든요…… 그 사람은 항상 남들이 자기에게 앙심을 품고 있다고 생각해요…… 그래서 변호사를 여럿 거느리고 있죠……"

"당신의 사장인가요?"

나는 즉시 그 질문을 던진 걸 후회했다.

"이 년 전부터 사장님을 위해 일하고 있어요."

그녀는 마치 대수롭지 않은 일인 양 차분한 목소리로 대답했다. 하긴 분명 그랬다. 대체 비밀이 없는 곳에서 왜 비밀을 찾는다는 말인가?

"예전 그날 밤, 솔리에르 씨와 피라미드 광장에 있는 레지나 호텔 로비에서 만나기로 했었어요…… 그런데 내가 도착할 무렵에…… 우리의……사고가 난 거예요……"

그녀는 사고라는 말을 할 때 머뭇거렸다. 그녀는 내 왼손을 보고 있었다. 차에 치였을 때 난 왼 손등에 찰과상을 입었다. 그렇지만 그 상처는 거의 아물고 있었다. 손에는 아예 붕대를 감지도 않았다.

"내가 제대로 알고 있는 것이라면, 솔리에르 씨가 때맞추어 도착한 거군요?"

그날 밤 그는 어두운 색의 외투를 걸친 채 느린 걸음으로 우리를 향해 다가왔다. 나는 그가 입가에 담배를 물고 있지나 않았는지 기억을 더듬어보았다. 그리고 이 아가씨는 그와 호텔 로비에서 만나기로 했다…… 나 역시 모두 비슷비슷하게 생기고 대리석이나 조명, 목제 가구와 긴 의자들이 모조품인 호텔들의 로비에서 아버지와 만날 약속을 잡은 적이 있었다. 그런 곳에서는 열차가 떠나고 다른 열차가 오기까지의 역 대합실이나, 심문이 있기 전의 경찰서와 같은 불안정한 상황에 놓이게 된다.

"그 사람, 성가대 소년처럼 순진하진 않던데요."

나는 그녀에게 말했다.

"누가요?"

"솔리에르요."

처음으로 그녀는 정말 거북한 것처럼 보였다.

"그 사람 직업이 뭔가요?"

"사업을 해요."

그녀는 마치 내가 그 대답을 듣고 충격이라도 받을지 모른다는 듯 고개를 숙였다.

"그럼 당신은 그 사람의 비서인가요?"

"그렇다고 할 수 있지요…… 하지만 차라리 아르바이트라고 하는 편이……"

그곳, 벽에 걸린 등불 아래에서의 그녀는 경찰차 안에서 보았던 것보다 더 젊어 보였다. 요전 날 밤 그녀가 나이 들어 보였던 것은 모피 코트 때문이었던 듯했다. 그리고 어쨌든 사고의 충격 이후 나는 완전히 정신을 차린 것은 아니었다. 그날 밤 나는 그녀가 금발이라고 생각했으니까.

"너무 복잡한 일은 아니겠지요?"

정말이지 모든 것을 알고 싶었다. 시간이 촉박했다. 그 시간이면 아마 레스토랑 문을 닫으려 할지도 몰랐다.

"파리에 와 저는 간호사 공부를 했죠."

그녀가 말했다. 그녀는 서둘러 내게 설명하려는 듯 말을 점점 더 빨리 했다.

"그러고 나서 가정에서의 간호사 일을…… 했어요…… 그렇게 솔리에르 씨를 만나게 되었고요……"

나는 더는 듣지 않았다. 그녀에게 나이를 물었다. 스물여섯 살이라고 했다. 그러니까 나보다는 몇 살 연상이었다. 그렇지만 그녀가 포송브론 라 포레의 그 여자일 가능성은 없었다. 나는 그 여자 혹은 그 아가씨가 소형 트럭에 타 내 손을 잡았을 때의 얼굴을 기억해내려고 애썼다.

"어렸을 적에, 요전 날 밤과 비슷한 사고를 당한 적이 있어요. 학교에서 나왔을 때……"

그리고 나는 그녀에게 그 이야기를 들려주었다. 나 역시 점점 더 말을 빨리 하게 되었고, 단어들은 뒤엉켰다. 우리는 감옥 면회소에서 몇 분만 상면할 기회를 얻어 모든 이야기를 나눌 시간이 없는 두 사람이었다.

"그때 그 소형트럭에 있던 아가씨가 당신이라고 생각했어요……"

그녀는 웃음을 터뜨렸다.

"말도 안 돼요…… 당시라면 난 열두 살이었는데……"

내 생에서의 하나의 에피소드, 아마도 나를 사랑했을 어떤 사람의 얼굴, 집, 이 모든 것이 영원히 망각과 미지의 세계 속에서 흔들리고 있었다.

"포송브론 라 포레라고 하는 곳이 있고…… 디부아르라는 의사가……"

그 말은 나 자신에게 나지막한 소리로 하는 것이었다.

"그 지명은 알아요. 솔로뉴에 있죠. 내가 그 지방에서 태어났거든요."

그녀가 말했다. 나는 반코트 주머니에서 며칠 전부터 지니고 다니던 루아르 에 셰르 지역 미슐랭 지도를 꺼냈다. 그리고 그것을 식탁보 위에 펼쳐놓았다. 그녀는 불안해 보였다.

"어디서 태어났다고요?"

나는 그녀에게 물었다.

"라 베르산에서요."

나는 지도 위로 몸을 숙였다. 벽에 걸린 등불 빛이 그리 강하지 않아 너무 작은 글자로 쓰인 그 모든 마을 이름을 읽어낼 수 없었다.

그녀 역시 고개를 숙였다. 우리의 이마가 거의 닿을 듯했다. 그녀가 말했다.

"블루아를 찾아보세요. 약간 오른쪽에 샹보르가 있네요. 조금 아래로는 불로뉴 숲이고. 그리고 브라시외……또 오른쪽으로, 라 베르산이에요……"

초록색 반점으로 나타난 숲 덕분에 방향을 잡기 쉬웠다. 그랬다. 나는 라 베르산을 찾아낸 적이 있었다.

"포송브론 라 포레에서 먼가요?

"이십 킬로미터쯤 돼요……"

지도에서 처음으로 찾아냈을 때 포송브론 라 포레라는 이름에 붉은 잉크로 밑줄을 그어놓았어야 했는데. 이제는 그곳이 어딘지 놓쳐버렸다.

"밀랑세 도로상에 있어요……"

그녀가 말했다.

나는 밀랑세 도로를 찾았다. 마침내 모든 마을의 명칭들을 읽을 수 있었다. 퐁텐 앙 솔로뉴, 몽지롱, 마르슈발……

"당신이 좋다면 가까운 날에 당신을 데리고 그곳에 가줄 수도 있어요."

그녀는 당혹스런 시선으로 날 뚫어지게 바라보며 말했다.

나는 또다시 지도 위로 몸을 숙였다.

"그래도 라 베르산에서 포송브론으로 가는 길은 표시를 해두어야겠어요."

그리고 나는 또다시 행정 도로들에 몰두하여 되는 대로 르 플레시스, 트레퐁텐, 부아자르디에르, 라 비오른 같은 마을들을 가로질렀다…… 구불구불한 작은 도로의 끝에서 나는 **포송브론 라 포레**라는 글자를 읽어냈다.

"오늘밤에 가면 어떨까요?"

그녀는 내 제안이 당연한 것인 양 잠시 생각에 잠겼다.

"오늘밤은 안 되겠어요. 너무 피곤하거든요……"

나는 농담이었노라고 말했지만, 진짜 그런지는 자신할 수 없었다. 모든 촌락, 숲, 연못들의 이름에서 눈을 뗄 수 없었다. 할 수만 있다면 그 풍경 속에 녹아들고 싶었다. 당시 이미 나는 풍경이 없는 인간이란 정녕 헐벗은 인간이라는 느낌을 지니고 있었다. 그

건 일종의 불구였다. 내 개가 죽었을 때, 그리고 그 개를 어디에 묻어야 할지 알 수 없었던 아주 어렸을 때 그렇다는 걸 알아챘다. 풀밭도 없고, 마을도 없었다. 경작지도 없었다. 심지어 정원도 없었다. 나는 지도를 접어 다시 호주머니에 쑤셔넣었다.

"솔리에르와 함께 사나요?

"전혀 그렇지 않아요. 다만 그분이 파리를 비울 때 사무실과 아파트를 돌봐주죠. 그분은 사업 때문에 자주 여행을 다니거든요……"

묘한 일이었다. 아버지도 사업 때문에 여행을 많이 하셨는데, 호텔 로비나 점점 더 먼 곳에 위치한 카페에서 아버지를 만나왔음에도 나는 대체 그것이 어떤 사업인지 전혀 알지 못했던 것이다. 솔리에르와 같은 사업을 했을까?

"이곳에 자주 오나요?"

나는 그녀에게 물었다.

"아뇨. 자주는 아니에요…… 이곳이 이 동네에서는 아주 늦은 시간까지 문을 여는 곳이기에……"

나는 손님이 많지 않다고 지적했는데, 그녀 말에 따르면 손님들은 밤늦은 시각에 온다는 것이었다. 그러고는 참 웃기는 손님들이라고 말했다. 그렇지만 내가 기억하는 바로 그 장소는 버려진 곳이었다. 심지어 그날 밤 그녀와 나, 우리 둘은 그곳에 불법

침입했다는 느낌이 든다. 우리는 서로 얼굴을 마주 보고 있고, 야간 소등 때문에 소리를 죽인 음악을 들으며, 그 음악에 따라 춤을 추면서 남몰래 행복한 순간을 살았던 것이다.

"거칠었던 첫 대면 이후 우리가 좀더 서로를 잘 알게 되리라고 생각하지는 않나요?"

그녀는 매우 다정한 목소리로, 그러나 단호하고 정확한 발성으로 이 말을 발음했다. 투렌 지방에서 가장 순수한 불어를 사용한다는 걸 읽은 적이 있다. 그렇지만 그녀의 말을 들으니 혹시 그곳이 오히려 솔로뉴 지방, 라 베르산과 포송브론 라 포레 쪽이 아닌가 하는 생각이 들었다. 그녀는 내 손 위에 자신의 손을 얹었다. 이미 상처의 흉도 가시고 더는 붕대로 감을 필요도 없는 내 왼손 위에.

◈

거리로 나서니 어둠의 장막 한 자락이 찢겨 있었다. 달빛 아래 자동차의 차체가 빛나고 있었던 것이다. 나는 그것이 신기루인지 아니면 내가 마신 술기운 때문인지 자문했다. 그것이 꿈이 아니라는 걸 확인하기 위해 보닛 위를 톡톡 두들겨보기도 했다.

"하루 날 잡아서 이 모든 것을 수리해야겠어요."

그녀는 손상된 범퍼와 깜빡이등을 가리키며 말했다.

나는 그녀의 차를 추적할 수 있었던 건 어느 정비소를 통해서였노라고 털어놓았다.

"쓸데없는 일로 고생을 많이 하셨네요. 삼 주 전부터 이 차는 내 집 앞에 주차되어 있었으니까요…… 난 15구의 레옹 기요 스퀘어 2번지에 살아요."

그녀가 말했다.

그러고 보면 우리는 서로 그리 멀리 떨어져 살지는 않았다. 포르트 도를레앙. 포르트 드 방브. 약간만 운이 좋았더라면 그곳, 그 변두리에서 만날 수도 있었으리라. 그랬다면 일이 간단했을 텐데. 우리 둘 다 같은 세상에서 살고 있었던 것이다.

나는 보닛 위에 걸터앉았다.

"지금 15구로 돌아갈 거면 내 집까지 태워다주면 고맙겠어요……"

하지만 거절이었다. 그녀의 말로는 자신은 그날 밤 알베르 드 멍 가에 있는 솔리에르의 아파트에서 자야 하며, 솔리에르가 없는 사이 아파트를 비워두지 않기 위해 당분간 그곳에 머물러야 한다는 것이었다. 솔리에르는 사업차 제네바와 마드리드로 출장을 갔단다.

"내가 제대로 알고 있는 것이라면, 당신 하는 일이 관리인이자

야간 경비원의 일이라는 건가요?"

"그렇다고도 할 수 있지요."

그녀는 내가 탈 수 있도록 차의 오른쪽 문을 열었다. 며칠 밤낮을 동네에서 헤매고 돌아다녔으니 그렇게 하는 일이 당연하게 여겨졌다. 심지어 이미 이 순간을 꿈속에서 겪었다는 확신까지 들었다.

날씨가 갑자기 추워져 있었다. 가로등의 하얀 불빛, 빨간 불, 건물의 새로 칠한 벽면 등 우리 주위의 모든 것에 빛과 투명함까지 주는 메마른 추위였다. 고요한 가운데 나는 우리에게 다가오는 누군가의 규칙적인 발소리를 들은 것 같았다.

그녀가 예전 날 밤 경찰차에서 그랬던 것처럼 내 손목을 잡았다. 그리고 물었다.

"기분이 나아졌나요?"

트로카데로 광장은 달빛 때문에 평소보다 더 넓고 황량했다. 우리는 하염없이 광장을 가로질렀고, 그런 느린 속도가 내게는 편안한 느낌을 주었다. 나는 자외선과 적외선도 감지할 수 있는 듯, 캄캄한 창문들을 들여다보더라도 아파트 안의 어둠을 투시할 수 있으리란 자신감이 있었다. 그렇지만 일부러 그런 수고를 할 필요는 없었다. 그저 전날 개와 함께 거슬러올라갔던 비탈길로 미끄러져가기만 하면 되었다.

그녀가 입을 열었다.

"나 역시 당신을 찾으려고 노력했어요. 하지만 병원에서는 당신 주소를 가지고 있지 않더군요…… 파리가 넓기도 하고…… 조심해야 해요…… 우리 같은 사람들은 길을 잃어버리기 십상이니까……"

샤요 궁을 지나자 그녀가 오른쪽으로 방향을 꺾었고, 우리는 버려진 것 같은 빽빽한 건물들을 따라 달렸다. 이제 나는 내가 있는 곳이 어느 도시인지, 주민들이 막 비우고 떠나버린 그 어느 도시인지 알 수 없었으나 그런 건 하등 중요하지 않았다. 나는 이제 세상에 혼자가 아니었다. 비탈길은 더 가팔랐고 센 강까지 내리막을 이루고 있었다. 나는 알베르 드 멍 가, 해양박물관 주변의 공원, 건물의 흰 벽면을 알아보았다. 그녀는 현관문 앞에 차를 세웠다.

"와서 아파트를 한번 봐야죠…… 맨 꼭대기 층이에요…… 널찍한 테라스가 있고 파리 시내 전체가 다 내려다보이죠."

"그러다 솔리에르가 갑자기 돌아오기라도 하면요?"

그 유령 같은 자의 이름을 발음할 때마다 웃음이 나오려 했다. 내겐 경찰 호송차에서, 병원 대기실에서 그리고 강변 카페에서 마주친 어두운 색의 외투를 입은 남자에 대한 기억밖에는 없었다. 애써 더 알 필요가 있을까? 나는 그가 아버지, 그리고 예전에 아버지 주변에 있던 사람들과 같은 부류임을 직감적으로 알았다. 그런 사람들에 대해선 아무것도 알 수가 없는 법이다. 그들에 대해 작성한 경찰 조서들을 참고해야겠지만, 매우 정확하고 명확한 언어로 작성된 그 보고서들은 서로 어긋난다. 그래봤자 어쩔 것인가? 얼마 전부터 내 보잘것없는 머릿속엔 너무나 많은 것들이 우글거리고 있었고, 그 사고는 내겐 대사건이었다……

"아무 걱정 마세요. 당장 돌아올 염려는 없으니까. 그리고 설령 돌아온다손 쳐도, 당신도 알다시피 그 사람은 못된 사람이 아니니까요……"

그녀는 다시 웃음을 터뜨렸다.

"그가 여기서 산 지 오래되었나요?"

"정확하게 대답을 하지는 못하겠네요."

그녀는 악의 없이 나를 놀려먹는 듯했다. 나는 그녀에게 알베르 드 멍 가 주소로는 그의 이름을 전화번호부에서 찾을 수 없더라는 사실을 알려주었다. 그러자 그녀는 대답했다.

"확실한 것들을 찾느라 그렇게 고생하다니 참 바보 같은 짓이군요…… 우선 그 사람 본명은 솔리에르가 아니에요. 그건 일상생활에서 그가 사용하는 이름이거든요……"

"그 사람 본명을 아세요?"

"모로스키라고 해요."

왠지 명확히 알 수는 없으나 그 이름이 친숙하게 울렸다. 어쩌면 아버지의 주소록 수첩에 나와 있을지도 몰랐다.

"그리고 모로스키라는 이름으로도 전화번호부에서는 찾을 수가 없을걸요. 그런데 그런 게 정말 중요하다고 생각하세요?"

그녀의 말이 옳았다. 나는 전화번호부를 더 들여다보고 싶지 않았다.

◈

우리가 해양박물관 주변에 있는 공원 산책로를 잠시 거닐었던 기억이 난다. 나는 탁 트인 공기를 들이마시며 숨쉴 필요가 있었다. 보통 나는 일종의 통제된 질식 상태에서 살고 있었다. 아니, 차라리 산소를 아껴야 한다는 듯 짧게 끊어서 호흡하는 습관이 있었다고 해야겠다. 특히 숨이 막힐까 겁이 날 때는 공황 상태에 빠지지 않도록 해야 한다. 아니다. 규칙적으로 짧게 끊어 계속 호흡하면서 폐를 짓누르는 그 구속복을 벗겨줄 때까지 혹은 구속복이 저절로 조금씩 먼지가 되어 떨어져나갈 때까지 기다려야 한다.

하지만 그날 밤 공원에서 나는 잊고 있었던 삶의 시기인 포송브론 라 포레에서의 시절 이래 처음으로 깊숙이 숨을 들이마셨다.

우리는 해양박물관 앞에 이르렀다. 어둠 속에서 박물관 건물을 희미하게 알아볼 수 있었다. 나는 그녀에게 해양박물관에 가본 적이 있느냐고 물었다. 한 번도 없노라고 했다.

"그러면 가까운 날에 당신을 그곳에 데리고 갈게요……"

계획을 세운다는 건 힘이 나는 일이었다. 그녀는 내 팔을 붙잡았고 나는 형형색색의 물고기들이 어둠과 침묵 속에서 우리 가까이 유리벽 너머에서 선회하는 모습을 상상했다. 다리가 아파서 나는 약간 발을 절었다. 그렇지만 그녀도 이마에 긁힌 상처를 지니고 있었다. 나는 우리가 어떤 미래를 향해 가고 있는지 자문했다. 우리가 다른 시간대에 같은 장소, 같은 시간에 이미 걸었던 적이 있다는 느낌이 들었다. 산책로를 따라 걸으며 내가 어디 있는지조차 희미했다. 우리는 거의 언덕 꼭대기에 도달하고 있었다. 우리 위로 샤요 궁의 어둡고 거대한 한쪽 벽면이 드리워져 있었다. 아니, 차라리 그것은 앙가딘의 겨울 스포츠 휴양지의 거대한 호텔이었다. 나는 그렇게 차갑고도 부드러운 공기를 마셔본 적이 없었다. 그 공기는 벨벳의 서늘함으로 내 폐를 관통하고 있었다. 그랬다. 우리는 산 높은 곳에 있었음에 틀림없었다.

"춥지 않아요? 어쩌면 이제 돌아가도 될 것 같은데……"

그녀가 말했다.

그녀는 코트의 세운 깃을 여몄다. 어디로 돌아간단 말인가? 나는 몇 초간 망설였다. 그래 맞다. 센 강을 내려가는 길가에 있는 건물로. 나는 그녀에게 그곳에서 오래 살 생각이냐고 물었다. 한 달 정도라고 했다.

"그러면 모로스키는요?"

"오…… 그는 그 기간 내내 파리에 없을 거예요……"

다시금 그 이름이 내게 친숙하게 느껴졌다. 아버지 입에서 그 이름이 나오는 걸 들었던 것일까? 나는 팔랭 호텔에서 내게 전화를 걸었지만 통화음이 지저분한 바람에 목소리가 흐릿했던 사내 생각을 했다. 기 루소트. 우리는 네 아버지와 사무실을 함께 쓰고 있단다. 루소트. 모로스키. 그도 분명 사무실이 있다. 그들 모두는 사무실을 가지고 있었다.

나는 그녀에게 일상생활을 할 때 솔리에르라고 불리우는 그 모로스키라는 자와 무슨 일을 하는지 물었다.

"나는 더 알고 싶습니다. 당신이 내게 숨기는 것이 있는 듯한데요."

그녀는 침묵을 지켰다. 그러더니 갑작스럽게 말했다.

"천만에, 아무것도 숨기는 건 없어…… 삶이란 당신이 생각하는 것보다 훨씬 더 간단해……"

그녀는 처음으로 내게 말을 놓았다. 그녀는 내 팔짱을 꼈고 우리는 해양박물관 건물을 따라 걸었다. 대기는 여전히 차갑고 호흡하기에 가벼웠다. 거리를 가로지르기 전에 나는 보도 가장자리에 멈춰 섰다. 그리고 건물 앞에 세워진 차를 물끄러미 바라보았다. 예전 내가 혼자 이곳에 왔을 때, 그 건물은 버려진 건물처럼 보였고 거리는 아무도 지나다니지 않는 것처럼 황량해 보였다.

그녀가 또다시 자신이 사는 건물에는 널따란 테라스가 있고 파리 전체가 내려다보인다고 말했다. 엘리베이터는 천천히 올라갔다. 그녀의 손이 내 어깨에 놓였고 그녀는 내 귀에 대고 한마디 말을 속삭였다. 자동 점등 램프가 꺼지고 이제 우리 위로는 야등 하나밖에 남지 않았다.

| 옮긴이의 말 |

몽상의 언어로 탐색한 기억의 풍경

한밤의 경미한 차 사고, 모든 것은 거기에서 시작되었다. 사고로 인해 생긴 일상의 가벼운 균열, 그로 인해 이전까지 영위하던 합리적이고 논리적으로 보이던 생활, 따라서 별다른 의구심 없이 수동적으로 받아들이던 현실은 마치 산산조각 난 거울처럼 깨어진다. 그런 다음에 오는 것은 무엇인가? 복잡한 퍼즐처럼 시간과 공간 의식과 기억의 편린들이 서로를 맞춰보고, 어긋나고, 흩어지고 모인다. 현실은 우리가 믿는 것처럼 확고하지 않다(화자는 끊임없이 어떠한 느낌이나 추측으로 현실을 이야기하며 동시에 의심한다). 그리고 삶이란 끊이지 않는 긴 물줄기처럼 이어진 것이 아니라, 몇 가지 단편적 에피소드들의 반복 혹은 변주로 드러난다(아주 어렸을 적 당했던 사고와 성년이 될 무렵의 차 사고, 그

때 보았던 유사한 느낌의, 따라서 동일인이 아닌가 하고 의심이 들던 여자, 한번 가본 적이 있는 듯 친숙한 느낌이 드는 해양박물관의 수족관 등등). 부비에르 박사와의 우연적이고 반복적인 만남을 통해 '삶은 영원한 회귀' 라는 모티프가 두드러진다.

아닌 게 아니라 내가 기억하는 나, 기억되는 '과거의 나' 와 기억하고 있는 '현재의 나' 는 같은 사람인가, '나' 는 어떻게 그 동일성을 유지하고 있는가 하는 의문들이, '나' 와 소통하고 있는 타인들은 '나' 에 의해 변용되는 사람들은 아닌가 하는 의문과 중첩이 되면서 번역 과정 내내 옮긴이를 따라다녔다. 모디아노의 이 작품은 어찌 보면 소소하다고 할 수 있는 사건으로부터 '나' 와 '타자' , 고독과 단절, 기억, 삶의 재구성 등 여러 가지 문제들을 교묘하게 얽어놓고 있다. 그것은 이야기 차원에서뿐만 아니라 문체적인 층위에서도 그러하다.

이를테면 모디아노는 알베르 카뮈가 『이방인』에서 사용하였던 복합과거(passé composé)라는 시제를 차용하고 있는데, 현재와 연관이 있는, 다시 말해 허구가 아닌 사실을 기술하는 복합과거 시제를 사용함으로써, 허구적 과거의 시제인 단순과거(passé simple)를 사용할 때보다 좀더 적극적으로 독자들을 이야기에 참여 시키고 있다. 물론 이러한 부분은 번역을 통해 변별적으로 드러날 수 없다. 왜냐하면 우리말에는 그러한 과거 시제의 구분이 없기 때문이다. 때때로 모디아노는 이야기 기술의 시점인 현재로 돌아오기도 한다.

그가 이러한 시제들을 사용함으로써 독자들은 끊임없이 과거와 현재, 또 더 먼 과거와 가까운 과거 사이를 넘나들게 된다. 그러한 넘나듦은 단순히 시간의 차원에서만 이루어지는 것은 아니다. 그는 구체적인 지명, 음식점 혹은 카페의 이름, 호텔의 이름을 거론하며 이야기의 사실성을 증폭시키고 있지만, 그러한 공간들은 시간 속에서 과거의 공간들과 겹쳐지면서 그 구체성이 오히려 흐릿해진다.

나아가 인물들 역시 확실한 지표—신분, 직업, 나이 등이 명확하지 않으며, 화자와의 관계 또한 애매하다. 화자의 집 앞에서 그를 기다리던 노파는 과연 그의 어머니였을까, 아니면 아무런 상관이 없는 사람이었을까, 그의 아버지는 무얼 하는 사람이었을까. 자클린 보제르장이라는 여자와 직업과 주거가 고정되지 않은 솔리에르(이것도 본명은 아니다)라는 인물과의 모호한 관계, 부비에르 박사와 주느비에브 달람이라는 여자 사이의 수상쩍은 관계, 부비에르 박사의 비밀스런 사생활, 엘렌 나바신과 화자가 호텔에 드나들며 사용하던 가명들. 이러한 장치들은 사람과 사람 사이의 관례적이고 일상적인 관계에 의문부호를 찍는다.

소음 때문에 잘 이어지지 않는 대화, 상대의 의도를 알 수 없어

조심스럽게 꺼내는 두서없는 이야기들, 맥락을 놓쳐버린 대화는 현대의 소통 부재 혹은 불통의 상태를 절실히 느끼게 한다. 그리하여 사고로 인해 생긴 삶의 균열을 극복하는 실마리는 그러한 균열을 야기한 최초의 원인 제공자, 즉 자클린 보제르장을 찾아내는 일이다. 그 여자를 찾기 위한 집요한 과정은 잃어버렸으되 현재의 자신을 지탱해주는 과거를 찾기 위한 과정에 다름 아니다.

옮긴이로서 번역의 손실이 있음을 매우 안타깝게 생각한다. 그러한 손실은 프랑스어로 활용할 수 있는 문체적 효과, 이를테면 복합과거가 단순과거에 대해 지니는 변별성을 활용하는 문체적 효과와 등가적인 효과를 우리말로 구현할 수는 없었기 때문에 발생하는 것들이다. 그러나 그럼에도 불구하고 독자들은 모디아노 작품 특유의 맛깔스러움을 어느 정도 느낄 수 있으리라 생각한다. 그것은 불투명한 언어의 장벽을 넘어서는 번역의 힘 자체라기보다 언어의 상이함에도 불구하고 빛나는 원작의 힘에 의해서일 것이다.

2006년 가을

김윤진

지은이 **파트릭 모디아노**

1945년 프랑스 불로뉴 비양쿠르 출생. 1968년 『에투알 광장』으로 로제 니미에상, 페네옹상을 받으며 데뷔했다. 1972년 『외곽 순환도로』로 아카데미 프랑세즈 소설 대상을, 1978년 『어두운 상점들의 거리』로 공쿠르상을 수상했고 1984년과 2000년에는 전 작품에 대해 각각 프랑스 피에르 드 모나코상, 폴 모랑 문학 대상을 수상했다. 그 밖의 작품으로 『혈통』 『작은 보석』 『신원 미상 여자』 『도라 브루더』 등이 있다. 2014년 노벨문학상을 수상했다.

옮긴이 **김윤진**

서울대학교 사범대학 불어교육과를 졸업하고 같은 대학에서 번역학으로 박사학위를 받았다. 서울대와 이화여대 통번역대학원 강사를 지냈고, 현재 한국문학번역원에 재직하고 있다. 저서로 『불문학 텍스트의 한국어 번역 연구』가 있으며, 옮긴 책으로 『왜 날 사랑하지 않아?』 『한밤의 사고』 『플랫폼』 『감정교육』 『조서』 『파스칼』 『유클리드의 막대』 등이 있다.

문학동네 세계문학

한밤의 사고

1판 1쇄 2006년 10월 31일 | 1판 3쇄 2014년 10월 24일

지은이 파트릭 모디아노 | 옮긴이 김윤진 | 펴낸이 강병선
책임편집 김지연 김미정 강건모 | 저작권 한문숙 박혜연 김지영
마케팅 정민호 이미진 김은지 양서연 | 온라인 마케팅 김희숙 김상만 한수진 이천희
제작 강신은 김동욱 임현식 | 제작처 한영문화사(인쇄) 경일제책사(제본)

펴낸곳 (주)문학동네
출판등록 1993년 10월 22일 제406-2003-000045호
주소 413-120 경기도 파주시 회동길 210
전자우편 editor@munhak.com | 대표전화 031) 955-8888 | 팩스 031) 955-8855
문의전화 031) 955-1927(마케팅) 031) 955-2654(편집)
문학동네카페 http://cafe.naver.com/mhdn

ISBN 89-546-0236-3 03860

www.munhak.com

파트릭 모디아노
Patrick Modiano

현존하는 프랑스 작가 중 탁월한 문학성을 인정받고 있는 현대문학의 거장. 현대인의 의식세계와 정체성의 문제를 특유의 몽환적이고 신비로운 언어로 탐색해왔다. 소설가로 글을 쓰기 시작하면서부터 두 해에 한 번씩 꾸준히 작품을 발표해 여전히 많은 독자들의 기대를 한몸에 받고 있는 '젊은' 작가이다. 2014년 노벨문학상을 수상했다.

어두운 상점들의 거리 **김화영 옮김**

공쿠르상 수상에 빛나는 모디아노 최고의 걸작. 프루스트가 말한 존재의 근원으로서의 '잃어버린 시간'을 슬픔이 가득 담긴 신비와 몽상의 언어로 탐색한다. '인간존재의 소멸된 자아 찾기'라는 보편적 주제의식을 명징하게 보여주는 소설.

도라 브루더 **김운비 옮김**

어느 날 우연히 옛날 신문의 한 귀퉁이에서 열다섯 살 소녀의 실종기사를 발견한 주인공이 역사의 어둠 속으로 사라져버린 소녀의 행방을 찾아나선다. 천년이 지나도 되살아날 과거의 추억이 빛나는 감동적인 소설.